LE REQUIEM DE TEREZIN

Josef Bor (1906-1979) fut interné à Terezin en juin 1942, à la suite de l'attentat contre le nazi Reinhard Heydrich. En octobre 1944, il fut transféré au camp d'Auschwitz, où sa mère, sa femme et ses deux enfants furent gazés. À la liquidation du camp, il fut envoyé à Buchenwald. Libéré en avril 1945, Josef Bor s'installa à Prague et publia *La Poupée abandonnée* en 1961, puis *Le Requiem de Terezin* en 1963.

JOSEF BOR

Le Requiem de Terezin

ROMAN TRADUIT DU TCHÈQUE
PAR ZDENKA ET RAYMOND DATHEIL

Traduction révisée par l'éditeur

LES ÉDITIONS DU SONNEUR

Titre original :

TEREZÍNSKÉ REKVIEM

La traduction française fut éditée pour la première fois
par les Éditions Robert Laffont en 1965.

ISBN : 978-2-253-08395-5 – 1re publication LGF

Avant-propos de l'éditeur

Le 15 novembre 1935, devant la Chambre de la culture du IIIe Reich, le ministre de la Propagande Joseph Goebbels, son président, annonce fièrement : « Dans la vie culturelle de notre peuple, plus aucun Juif n'exerce une activité. » Il ajoute : « La participation à la culture allemande est interdite aux Juifs. » Cependant, le Reich leur accorde, en général, « la possibilité de cultiver leur propre patrimoine culturel ».

Exclusion, ségrégation et ghettoïsation sont les étapes qui précèdent la solution finale. Dans la nouvelle Allemagne, comme ensuite dans l'Europe occupée, les nazis s'appuient sur les dirigeants des communautés juives : ce sont les Juifs eux-mêmes qui doivent prendre en charge tous les aspects de l'existence qui leur est imposée.

L'Union culturelle des Juifs allemands, créée en 1933, est rebaptisée Union culturelle juive l'année suivante et interdite en 1941, alors que commence la déportation de la population juive d'Allemagne dans les camps de l'Est. En 1942, la plupart des animateurs, acteurs et spectateurs de l'Union culturelle juive se retrouvent au camp de Terezin, à soixante kilomètres au nord de Prague, dont Eichmann et le docteur Globke, bras droit de Himmler, ont présidé à l'installation. Après l'expulsion des sept mille habitants de Theresienstadt, la ville a été transformée en un immense camp de triage pour les Juifs tchèques, une partie des Juifs allemands et autrichiens et, plus tard, les Juifs hollandais et danois.

Terezin, antichambre d'Auschwitz, est aussi une vitrine pour la propagande nazie, grâce à son bureau d'« Aménagement des loisirs » administré comme toutes les activités du camp par des notables juifs et contrôlé par les S. S. Le bureau offre, outre une bibliothèque qui contiendra jusqu'à cent quatre-vingt mille volumes, un programme nourri de théâtre, d'opéras, de concerts, de conférences, entièrement réalisé dans le ghetto. Un programme par les Juifs et pour les Juifs, auquel les S. S. daignent parfois assister.

Le juriste tchèque Josef Bor est interné au camp de Terezin en juin 1942. Il a trente-six ans. Sa sœur, le mari de celle-ci et leurs deux enfants sont déportés en Pologne et tués. Son père meurt à Terezin. En 1944, Bor est transporté à Auschwitz, où sa mère, sa femme et leurs deux enfants sont immédiatement gazés.

Lui est astreint aux travaux forcés à l'usine IG Farben, puis transféré à Buchenwald à la liquidation d'Auschwitz, et enfin libéré en avril 1945. Il publie *Terezínské rekviem* en 1963. Ce n'est pas un livre de désespoir, mais un chant passionné pour la liberté et la justice, une réponse de la dignité humaine à la barbarie nazie.

Le Requiem de Terezin est inspiré d'une histoire vraie : le pianiste et chef d'orchestre tchèque Raphaël Schächter est arrivé au camp en novembre 1941, à l'âge de trente-six ans. Le 16 octobre 1944, il a été transporté à Auschwitz. Avant cette date il a réussi, au bout de dix-huit mois d'efforts acharnés, à donner en concert le *Requiem* de Verdi avec quatre solistes, cent cinquante choristes et deux pianos qui remplaçaient l'orchestre. Dans le livre de Bor, les S. S. ont leur identité réelle, mais les protagonistes juifs sont pour la plupart inventés, même si l'on reconnaît au passage quelques silhouettes, comme, sous les traits du vieux mendiant du camp, Kurt Otto Singer, l'ancien intendant du prestigieux opéra Kroll de Berlin.

On estime que cinq cents détenus environ participèrent aux répétitions, les effectifs étant constamment minés par les convois pour Auschwitz. La formation définitive quitta Terezin dans l'un de ces « transports d'artistes » en octobre 1944.

Avertissement

Dans ce roman, le Requiem *et l'histoire de sa réalisation jouent davantage comme une mémoire de Terezin et le symbole de la résistance des Juifs à l'intérieur des camps, que comme l'œuvre réelle de Verdi. On ne s'étonnera donc pas des libertés que prend l'auteur avec la partition.*

Prologue de l'auteur

L'été de l'année 1944 avait été orageux. Mises en pièces, battues et démoralisées, les armées allemandes refluaient sur tous les fronts. La plupart des villes d'Allemagne n'étaient plus qu'amoncellements de ruines bizarres, fantastiques. Hitler, dont chacun pressentait la folie depuis l'attentat manqué auquel il avait par miracle échappé, multipliait les exécutions sommaires dans les rangs mêmes de la Wehrmacht. Miné jusque dans ses fondations, l'empire nazi s'écroulait.

Rien de tout cela n'avait pu modifier les plans d'Eichmann. La tactique qu'il avait adoptée pour arriver à la fameuse solution finale du problème juif en Europe centrale était en tout point restée la même. Le camp de travail de Birkenau, proche de Neu Berun, venait d'être achevé dans le plus grand secret pour pouvoir éliminer près de dix mille hommes tous les jours. Pour comble de supercherie, le vaste camp de concentration qu'était le ghetto de Terezin, où tant avaient connu la souffrance, la faim et la mort, avait été en quelques semaines entièrement reconstruit et transformé en un gigantesque décor de film. L'avant-dernier acte de la tragédie de Terezin commençait. Conformément au scénario conçu par Eichmann, on avait fait appel à des êtres vivants pour planter ce décor et y tenir un rôle. Ils se mirent naturellement à y croire, recommencèrent à espérer et à vivre.

Une foule importante attendait patiemment dans la cour de l'ancienne école de Terezin, devant les portes closes de la salle de gymnastique. Les artistes allaient arriver incessamment, ils devaient entrer les premiers pour atteindre leurs places sans difficulté.

Raphaël Schächter, suivi de toute sa troupe de musiciens et de chanteurs, fut bientôt là. C'était un ami connu de tous et que chacun avait rencontré dans la rue ; on le salua donc avec chaleur et sans façon. Aucune distance ne séparait les artistes de leurs auditeurs, ils étaient tous les prisonniers du même camp.

« Raphaël, que nous feras-tu entendre aujourd'hui ? » criait-on ici et là en interpellant le chef d'orchestre, et personne ne l'aurait appelé autrement tant il était populaire dans le ghetto. On encourageait les artistes de tous côtés, ils souriaient, acquiesçaient de la tête, l'un même répondit : « Oui, ce sera vraiment extraordinaire, les amis, et nous vous promettons de ne pas vous décevoir. »

Schächter ouvrit enfin les portes, les artistes aussitôt entrèrent et gagnèrent leurs places. Il n'y avait aucune estrade, seule une caisse retournée devant un pupitre permettait au chef d'orchestre de se hausser pour pouvoir diriger ses musiciens. Il grimpa dessus et regarda la salle peu à peu se remplir.

Les gens entraient, beaucoup avaient amené leurs enfants, car ils savaient qu'ils pourraient comprendre cette musique. La mort ne les menaçait-elle pas aussi chaque jour ? De vieilles personnes émaciées et voûtées étaient venues dans des vêtements déchirés, maintes fois rapiécés ; des mendiants aussi, qui avaient le plus souvent essayé de changer ne serait-ce qu'un petit quelque chose à leur tenue misérable, en nouant par exemple autour de leur cou un lacet en guise de cravate, pour apporter, à leur façon, un air de fête à cette première.

Il n'y avait aucune ouvreuse, chacun savait parfaitement où se placer; quelques rangées seulement étaient réservées pour les enfants qui s'asseyaient maintenant par terre devant l'orchestre, cependant que les personnes âgées se serraient derrière eux sur de longs bancs. La plupart, restés debout, se pressaient le long des murs ou dans les passages laissés libres.

La salle était comble, il semblait impossible que quelqu'un pût encore entrer, la foule ne cessait pourtant de se bousculer de tous côtés. Schächter, qui attendait patiemment, ne put retenir un geste d'étonnement : « Comment le corps humain peut-il supporter une telle presse ? »

C'était une belle salle pour une première. Des musiciens, des critiques éminents étaient nombreux dans le public. Nulle part il n'aurait pu trouver un auditoire aussi averti et qui attende avec autant d'impatience les premières mesures de ce concert. Il s'en réjouit. « Si d'aventure, songea-t-il plaisamment, il me fallait en réunir quelques-uns pour former le corps enseignant d'un conservatoire dans le ghetto, cela me serait vraiment très facile. »

À l'entrée, le mouvement incessant de la foule avait cessé maintenant. Les portes étaient restées ouvertes pour que ceux qui n'avaient pas réussi à entrer puissent tout de même entendre. Le silence se fit.

Schächter se tourna vers son orchestre. Chacun était à sa place ; son regard parcourut les rangs serrés de l'imposant chœur, s'arrêta sur le groupe des solistes. Leurs yeux brillaient d'émotion, il les encouragea affectueusement de loin : « Nous n'avons plus qu'à nous appliquer de notre mieux maintenant pour conquérir l'estime de notre public, semblait-il leur dire, nos interminables répétitions sont maintenant achevées, nous allons faire une création inoubliable. »

Il ne se décidait pourtant pas à leur donner le signal ; profondément agité, angoissé peut-être, il lui fallait d'abord retrouver son calme. Un silence étrange, insolite dans le camp, s'empara alors de la salle.

Ce n'était ni le silence des murs vides, ni le silence de la peur que l'on tait, mais le silence frémissant d'une attente, un silence semblable pour certains peut-être à l'inquiétude d'une première caresse.

La baguette bougea imperceptiblement. Déjà on entendait, à peine audibles, les premiers accords furtifs du *Requiem* de Verdi.

*

Schächter se souvint de l'instant précis qui l'avait amené à commencer l'étude de cette œuvre. Prouver l'imposture, l'aberration des notions de sang pur ou impur, de race supérieure ou inférieure, démontrer cela précisément dans un camp juif par le moyen de la musique, cet art qui mieux peut-être que tout autre lui semblait pouvoir révéler la valeur authentique de l'homme ; depuis longtemps cette idée le hantait. C'est pourquoi il avait tenu à rassembler des groupes d'origines les plus diverses, pour que chacun se rendît compte de l'élévation artistique à laquelle il pouvait atteindre avec des hommes si différents.

Après de longues réflexions, il avait préféré le *Requiem* de Verdi à toute autre œuvre. Cette musique italienne, composée sur un texte latin, inspirée par des prières catholiques, serait interprétée par des chanteurs juifs, des musiciens de toutes nationalités, venant de Bohême, d'Autriche, d'Allemagne, de Hollande et du Danemark, certains même de Pologne et de Hongrie ; l'exécution de ce *Requiem* dans un ghetto serait dirigée par un chef d'orchestre athée : l'idée lui en sembla magnifique.

Bientôt, elle ne lui laissa plus de paix, l'attirant chaque jour davantage. Il ignorait encore ce que les nazis avaient l'intention de faire du ghetto de Terezin ; quel être sain d'esprit aurait pu deviner leurs desseins ? Déjà ils rassemblaient dans ce camp les plus grands artistes juifs d'une partie de l'Europe, créant ainsi sans le savoir les conditions qui inciteraient les prisonniers à se plonger au plus profond d'eux-mêmes pour méditer sur les questions essentielles de la vie et de la mort. Ce *Requiem* devait être exécuté dans le ghetto de Terezin ; pareille occasion ne saurait se retrouver, Schächter le comprit parfaitement. Où d'autre aurait-il eu la liberté de choisir ses musiciens sans contrainte, en suivant ses seuls goûts artistiques, parmi tant d'aussi remarquables interprètes ? Pourrait-il jamais trouver un public de connaisseurs plus avertis ? Dans l'univers absurde et d'une brutalité, d'une barbarie inconcevables où on les avait tous précipités de force, chacun désirait ardemment percevoir le moindre frémissement d'un sentiment humain et profond. Il devinait surtout combien, en secret, on attendait de l'art. Ici, nulle cantatrice de renom ne viendrait l'importuner de son humeur changeante ou de ses cris de jalousie, chaque artiste accepterait avec reconnaissance de tenir le moindre rôle ; nul imprésario, nul organisateur de concerts ne viendrait le déranger par des recommandations déplacées sur ce qui risquait de plaire ou de déplaire à ses auditeurs. Il pourrait créer en toute liberté une œuvre dont la qualité d'exécution ne dépendrait que de son talent.

Il est probable que les Allemands lui auraient interdit de répéter du Bach, du Haendel ou du Mozart. « De toute façon, ce n'aurait été que de la musique d'église, sans cette vitalité élémentaire que l'on trouve dans la partition de Verdi », se dit-il comme par défi.

Qu'apporterait cette prière pour les morts aux prisonniers de ce camp de concentration, et d'ailleurs pour qui ces prisonniers pourraient-ils prier ? Il hésitait encore. Serait-ce pour tous les disparus, ces milliers d'ombres qui s'étaient évanouies, emportées par les convois vers une destination inconnue ? Schächter espérait que la musique l'aiderait à apporter une réponse à ces questions essentielles.

Ce fut d'abord vain, la partition ne parvenait à éveiller aucun écho, aucun souvenir en son âme, comme s'il lui manquait encore quelque chose, quelque chose de grave, d'important, de décisif.

Jusqu'au jour inoubliable où il rencontra le vieux mendiant. Il se crut d'abord victime d'un rêve fiévreux, cette image évoquait en lui le souvenir de quelque antique légende. Le vieil homme ressemblait à une apparition de saint Pierre ou de Dieu lui-même, comme aux temps bibliques. Ce n'était pourtant qu'un mendiant comme il s'en trouvait tant aux abords des cuisines du camp. Il était là parmi d'autres, debout, légèrement courbé, la tête basse, implorant d'une petite voix humble et douce.

« *Nimmt der Herr die Suppe ?* Monsieur veut-il de la soupe ? » demanda l'un des cuisiniers.

Non, Monsieur apparemment n'en voulait pas. Schächter refusa cette sale mixture sans goût qu'on lui présentait ; cette eau tiède où nageaient des navets pourris en guise d'assaisonnement lui donnait la nausée.

« Versez donc ma part dans la gamelle de ce vieux grand-père qui meurt de faim », avait-il répondu.

Une brève rencontre sans doute. Retenu par quelque honte, le mendiant n'osa pas se présenter. Sa nationalité paraissait incertaine : il pouvait être allemand aussi bien qu'italien, français ou anglais, car il se mit à parler toutes ces langues couramment, comme saint Pierre peut-être. Une discussion s'engagea, le vieil homme paraissait s'intéresser vivement à toutes choses, ils en vinrent naturellement à parler de musique, Schächter lui confia son idée du *Requiem*.

« Vous êtes un fou ! » lui cria bientôt le vieillard avec une sorte d'agressivité et en haussant la voix, comme les gens un peu sourds. Monter le *Requiem* de Verdi ici, dans un camp de concentration, c'est une pure chimère ; vous rendez-vous seulement compte de ce que vous allez faire ? Essayez donc de voir avec moi, voulez-vous ? Il vous faut d'abord quatre solistes qui ne peuvent être n'importe qui. Un chœur ne vous suffira pas, vous devrez en réunir au moins deux, sans quoi vous n'arriverez jamais à répéter convenablement la fugue du *Sanctus*. Vous n'aurez pas assez de quarante chanteurs, il vous en faudra au moins quatre-vingts, peut-être même davantage lors de certains passages. Je me souviens qu'à Londres, le *Requiem* fut joué autrefois avec un chœur dix fois plus important encore. Ne parlons pas de l'orchestre ; vous aurez besoin d'au moins soixante musiciens. Si vous ne parvenez pas à les réunir, il vous faudra au moins deux pianos. Un seul ne saurait suffire. Ce n'est pas ce qui importe le plus, me direz-vous, quand on veut jouer de la musique, on peut toujours improviser, mieux vaut certainement un instrument de petite taille, mais d'une parfaite sonorité, qu'une énorme caisse qui fait beaucoup de bruit pour rien. Le vrai problème est ailleurs, comprenez-moi bien, il est ailleurs !

Schächter le regardait avec un mélange de curiosité et d'admiration : « Quelle fine mouche », se disait-il, se souvenant de la douceur de sa voix tout à l'heure quand il mendiait pour avoir sa soupe, « il sait vraiment s'y prendre, ne voilà-t-il pas qu'il se met à hurler comme si c'était moi le sourd ? »

Le vieux semblait ne s'apercevoir de rien, il était lancé et ne pouvait visiblement pas s'arrêter.

« Un Juif veut monter le *Requiem*, vraiment vous me faites peur », et il se mit à trembler de tout son être. « Surtout ne vous y trompez pas, ce n'est pas le Juif que vous êtes que je plains dans toute cette histoire, mais bien la musique de Verdi. Tout cela est impossible. Un protestant même ne saurait monter le *Requiem* correctement, à plus forte raison un Juif. Il vous faut, je vous assure, vous convertir le plus vite possible au catholicisme si vous désirez y parvenir, devenir un catholique d'une grande dévotion. Car, croyez-moi, croyez-moi, continuait-il en bousculant presque Schächter, il ne s'agit pas seulement ici d'art, mais de foi. Un Juif ne saura jamais comprendre convenablement cette musique. Les

Juifs ne sont du reste que des fous, ils s'obstinent à croire en une vie meilleure ici-bas sur Terre, à attendre aussi bien une juste récompense qu'un juste châtiment de leurs actes en ce bas monde, et s'ils n'obtiennent pas justice, tout les pousse à espérer avec un incorrigible optimisme que leurs fils, leurs petits-fils ou leurs arrière-petits-fils l'obtiendront à leur place. Ce ne sera pourtant jamais sur cette Terre, parmi les vivants. Les catholiques sont encore plus fous, la seule pensée qu'un jour viendra où tous les hommes ressusciteront parvient à les soulager de leurs maux ; ils ne cessent d'espérer que justice leur sera enfin faite dans un autre monde. Cet acte de foi a pour contrepartie ce qu'ils appellent l'enfer. Comment voulez-vous donc qu'un Juif comprenne le *Requiem*, quand bien même il voudrait imaginer le royaume de Satan, alors qu'il n'a jamais eu peur de l'enfer et n'a jamais pu y croire. »

Schächter eut à ce moment la révélation de ce qu'il n'avait jamais pu expliquer jusqu'alors. Le vieil homme avait raison, mais à sa façon, comme les vieilles gens qui continuent à juger de tout à leur manière sans tenir compte du présent, qui vivent dans le passé et ne savent comprendre les choses qu'au travers de leurs habitudes. « Il est beaucoup plus facile pour un homme aujourd'hui, se dit-il, d'imaginer les tourments de l'enfer que ce ne le fut pour Dante.

Un Juif qui se débat entre les griffes des nazis connaît déjà ici-bas le royaume des ombres dans toute son horreur. » Il ne lui fallait donc plus concevoir l'exécution de ce *Requiem* dans un esprit chrétien, mais d'une manière nouvelle et différente, qui affirmerait surtout sa foi dans la justice de l'Histoire et en ce monde. Il lui sembla que les prisonniers de ce camp ne pourraient comprendre cette œuvre qu'interprétée de cette façon : Juifs, chrétiens et athées la chanteraient ensemble.

*

Le premier soliste qu'il choisit s'appelait François. Il semblait que l'on avait chanté dans sa famille depuis des temps immémoriaux. Fils d'un chantre juif, petit-fils et arrière-petit-fils de chanteurs, il était originaire de Galicie. « Bénis soient les rites religieux juifs, que l'on ne peut célébrer sans une voix de ténor, il me sera donc facile d'en trouver d'autres », songea Schächter. Certes, en général, ce n'étaient pas des interprètes à grande voix, capables de chanter de célèbres arias, ni des silhouettes héroïques et ventrues parées d'armures étincelantes, mais plutôt de petits chanteurs effacés, à l'air modeste, dont la voix touchante, émouvante même, retraçait les menues joies et la grande tristesse de la vie, s'élevant chaude et sensible à la seule gloire de Dieu.

Orphelin dès son jeune âge, François avait commencé à étudier la musique à Vienne ; obligé de fuir à l'arrivée des nazis, il s'était réfugié à Prague. Seul, il aurait pu fuir plus loin encore en profitant d'un convoi clandestin, mais il préféra rester avec sa sœur, une jeune fille d'une quinzaine d'années trop faible pour qu'on l'emmène. Et ils restèrent à Prague, attendant sans espoir, démunis de tout et sans rien pouvoir faire contre l'approche des nazis. Ils étaient arrivés parmi les premiers à Terezin, on les avait fait travailler à la ferme. Chaque soir dans sa baraque, François chantait des airs juifs à ses camarades, c'est là que Schächter l'avait entendu pour la première fois. Il le fit aussitôt travailler pour lui permettre d'acquérir, syllabe par syllabe, une prononciation correcte. L'oreille d'un chantre juif a toujours du mal à s'adapter à la sonorité ouverte du latin. François était jeune et avait l'esprit vif, il apprit si rapidement que bientôt même un prêtre n'aurait pu reconnaître son origine en l'écoutant.

Schächter se mit ensuite en quête d'une soprano. Il découvrit une voix dont les nuances subtiles lui rappelaient les accords merveilleux d'un jeu de carillons. Si frêle, si pâle, cette jeune fille semblait une vierge, une fée soudain apparue au détour de quelque légende enfantine. Le destin la lui envoyait : dès qu'il la vit, il n'en douta pas.

« Comment vous appelez-vous ? » lui demanda-t-il lorsqu'on la lui présenta. « Anne-Marie », répondit-elle. Fille de parents juifs originaires de Bavière, elle ne pouvait avoir un autre prénom et sa question lui sembla stupide. Ce nom pourtant ne lui allait pas. Il la surnomma donc Marouchka, et chacun finit par s'y habituer.

Il lui fut plus difficile de trouver une mezzo-soprano. Il chercha longtemps en vain jusqu'au jour où un violoniste lui parla de sa jeune sœur, Élisabeth. Elle venait d'arriver au ghetto et s'occupait des tout-petits, chaque soir les enfants faisaient cercle autour d'elle pour l'écouter chanter. Elle avait déjà chanté à plusieurs reprises le *Requiem* de Verdi, c'était une voix de grande classe, aucune audition ne parut nécessaire, Schächter la retint aussitôt. « De quelle chorale faisiez-vous partie ? » lui demanda-t-il ; préférant sans doute ne pas répondre, elle éluda la question d'un geste las, mais se montra très heureuse d'accepter. Elle ne demandait qu'une faveur : que son mari, infirme depuis cette atroce Nuit de cristal et qu'elle poussait dans une petite voiture à deux roues, puisse assister aux répétitions. Il aimait et comprenait la musique, il pouvait même parfois être d'excellent conseil ; des amis accepteraient de le descendre jusqu'à la cave et là, dans son coin, sur son fauteuil, il ne dérangerait personne, elle le promettait. « En ce temps-là, ils n'osèrent pas me toucher, expliqua-t-elle à Schächter avec tristesse, j'étais trop connue, trop populaire. Ils se vengèrent sur mon mari que l'on me ramena un jour à la maison complètement estropié. »

C'est ainsi que Schächter trouva grâce à Élisabeth son premier auditeur. Il disposait maintenant d'un embryon d'orchestre et d'un chœur encore modeste. Malgré tous ses efforts, il lui manquait toujours une basse. D'autres cherchaient pour lui et lui ramenaient parfois des chanteurs inconnus qu'il auditionnait aussitôt, avant de les reléguer dans les rangs du chœur. Personne ne lui convenait, aucun n'avait une voix assez belle pour se voir confier cette partie de soliste, et ils échouaient tous à leur examen de passage, comme se plaisait à répéter le mari d'Élisabeth.

« Il n'y a vraiment qu'un vers qui compte pour Schächter, disait-il avec bonhomie en voulant encourager chaque nouveau candidat, si tu le chantes correctement, il te retiendra. » Pour comble de malheur, personne n'arrivait justement à chanter ce vers-là comme Schächter l'aurait voulu.

« Ne t'inquiète pas, répétait Élisabeth en tentant de réconforter le malheureux chef d'orchestre après chaque nouvel échec, j'ai souvent entendu le *Requiem* interprété par des chanteurs remarquables, et aucun, je crois, ne t'aurait convenu. »

En attendant de trouver cette voix de basse, Schächter se contentait d'un remplaçant. Il ne perdait pas de temps et répétait assidûment tous les jours chacune des parties, pour arriver à donner une première forme à son œuvre.

« *Dies irae, Dies illa, solvet saeclum in favilla.* Ce vers revient quatre fois, chaque fois il apporte une nouvelle richesse à l'harmonie de l'œuvre », expliquait Schächter. Le chœur et les instrumentistes l'écoutaient attentivement. « Quatre fois ce motif semble jaillir comme une flamme des profondeurs d'un destin inéluctable, vous devez tous ensemble trouver la façon convenable d'en exprimer chaque nuance. Ce vers ne s'adresse pas seulement aux solistes, aux individus. Le jour que nous chantons est le jour du Jugement dernier qui menace toute l'humanité. *Es kommt der Tag,* ce ne peut être le jour de l'orgueil, de la vanité ou de l'arrogance, un jour de victoire ou de défaite, mais le jour de la colère, de la colère des justes qui menace ceux qui ravissent, asservissent, pillent et massacrent. Le jour où la Wehrmacht en lambeaux, déchirée, ensanglantée, gémira sous les coups terribles de l'armée Rouge. La terre allemande alors craquera, se déchirera de toutes parts dans la fumée et le feu, éventrée par l'explosion de milliers de bombes. Voilà, continuait-il, le *Dies irae* auquel nous devons penser quand la batterie le martèlera, en criant de toutes nos voix notre appel, notre volonté. Mais éloignons tout esprit de vengeance, tout désir de châtiment, pour ne penser au contraire qu'à la justice humaine. »

*

Ce n'était pas la première œuvre que Schächter créait à Terezin. Il avait déjà monté *La Fiancée vendue*, de Smetana, dans un arrangement pour piano, solistes et chœur, qui avait fait parmi les prisonniers du camp l'effet d'un miracle. Dès lors, Raphaël Schächter était devenu pour tous le héros du ghetto. Il n'avait même plus besoin de rechercher, comme au début, les artistes qu'il désirait : ils venaient désormais spontanément se présenter à lui. Au moment donc d'aborder une nouvelle œuvre, il se sentait préparé. Pour qu'il pût répéter sans être dérangé, le doyen des Juifs avait fait libérer l'une des grandes caves qui se trouvaient dans le sous-sol de la caserne. Schächter l'avait aménagée selon son goût et ses exigences; il n'avait plus besoin pour commencer l'étude de son chef-d'œuvre que d'une partition complète et d'instruments.

La partition lui fut procurée par la police de Terezin, qui accepta de la passer en fraude avec tout le papier à musique qu'il désirait. Chacun pourrait ainsi en avoir une copie. Il paraissait plus difficile de réunir tous les instruments nécessaires. Une interdiction formelle empêchait depuis longtemps les Juifs d'en posséder en dehors du ghetto. Sur ordre du Reich, ils avaient dû les remettre aux autorités allemandes. Le commandant du camp n'autorisait que les instruments qui étaient déjà dans le ghetto. Il fallait donc réunir tous les autres à l'extérieur avant de les faire entrer en fraude. Tâche particulièrement périlleuse. Jamais encore des instruments de musique n'avaient été rassemblés au prix de pareilles difficultés.

« Vous êtes des fous, se plaisaient à répéter les sceptiques. Non contents de risquer votre vie, vous ne craignez pas d'exposer dangereusement celle de tous vos amis à l'intérieur aussi bien qu'à l'extérieur du camp, et ils le paieront cher, soyez-en certains. » Si étrange que cela puisse paraître, il se trouve toujours des gens pour risquer leur vie par amour du danger, à plus forte raison par amour de l'art.

Le premier instrument que l'on introduisit clandestinement dans le ghetto fut un violoncelle, et le vieux Meisl s'en chargea. Ses amis de l'orchestre de Prague le dissimulèrent dans une grange abandonnée au milieu des champs, il n'eut qu'à aller le chercher comme il pouvait, ce qu'il fit en le transportant dans une charrette, entouré de foin, impudemment et avec l'assistance de quelques S. S. Plusieurs violons et quelques violes furent prêtés par de vieux Juifs venus d'Allemagne qui avaient pu les sauver et, par faveur, n'avaient pas été obligés de s'en défaire. Un piano fortement endommagé et apparemment inutilisable avait été abandonné à Terezin par son ancien propriétaire : on le récupéra, quelques savantes réparations le rendirent tout à fait acceptable. De même, on retrouva dans l'église un harmonium resté intact, que Schächter s'empressa de faire transporter dans la salle de répétition. Il devait plus tard s'en servir pour remplacer les voix ou les instruments manquants. Le hasard faisait bien les choses.

Des ouvriers qui travaillaient dans les caves devaient peu après déterrer un inestimable trésor. Dans les passages et les couloirs tortueux des remparts de la ville, ils tombèrent par hasard sur une cachette murée ; soigneusement enveloppés et protégés, de nombreux instruments s'y trouvaient, des cuivres comme des bois, une batterie surtout et sa grosse caisse. Un chef d'équipe enfin, qui déchargeait des wagons à la gare de Bohusovice avec un groupe de prisonniers et un chauffeur S. S., fit le pari qu'il parviendrait à faire passer une contrebasse à l'intérieur du ghetto. Cette aventure était d'importance, Schächter commençait à croire que si le chef d'équipe réussissait, il pourrait enfin monter son *Requiem*.

Ce ne fut pas facile. La contrebasse était cachée depuis quelques semaines déjà chez un voiturier de Bohusovice, qui de temps à autre faisait des transports pour la *Kommandantur* de Terezin. Il avait déjà fait entrer en fraude quelques menus objets, mais cette contrebasse l'effrayait, c'était une tout autre affaire. « Me faut-il vraiment apprendre à jouer de cet instrument, se lamentait-il, et que dirais-je aux S. S. s'ils venaient à perquisitionner chez moi et la trouvaient ? » Peu après, on lui livra une seconde contrebasse, puis une troisième, et son anxiété ne fit que croître. « Prenez garde que j'y mette cette fois le feu si vous ne venez pas m'en débarrasser au plus vite, menaça-t-il, et je parle très sérieusement. » Il fut donc enchanté quand le contremaître juif vint le prévenir qu'il allait les emporter.

Cela se fit un soir à la gare de triage de Bohusovice, où se trouvaient rangés plusieurs wagons de charbon et deux voitures emplies de « curiosités » comme il en arrivait souvent d'Allemagne. Par arrêté spécial, les autorités du Reich avaient en effet ordonné d'expédier à Terezin tous les biens confisqués aux Juifs dont on ne savait que faire. C'est ainsi qu'arrivèrent et s'entassèrent au ghetto les objets les plus hétéroclites : des corbillards, des livres de prière, des mannequins de couturière, des filets à moustache et autres découvertes invraisemblables. Véritables musées ambulants, ces wagons apportaient tout le lustre de ce qu'avait été la splendeur de la communauté juive allemande au bon vieux temps de l'Empire.

*

Quantité de boîtes de carton pleines de hauts-de-forme soigneusement emballés se trouvaient empilées cette fois dans les deux voitures. Devant cet amoncellement extraordinaire, le S. S. de service faillit mourir de rire. Il courut arroser cela à la buvette de la gare. Les hauts-de-forme envahirent en peu de temps tous les quais et l'on joua toute la nuit au football avec ces ballons inattendus. Tous les Juifs qui se trouvaient là durent s'en affubler sous peine de mort, et ils risquaient gros, bien plus gros en s'y refusant qu'en disparaissant, ne serait-ce qu'un moment, de la rampe mal éclairée devant les wagons.

De retour, le S. S. ne fut guère surpris de trouver une contrebasse derrière une pile de boîtes. C'était exactement, semblait-il, ce qu'il cherchait. Il fit aussitôt revenir l'équipe qui travaillait au déchargement du charbon, improvisa une chorale et ordonna à tous ces Juifs portant des hauts-de-forme, le visage barbouillé de suie, de chanter et de jouer en mesure. Ils chantèrent donc, cependant que l'un d'eux les accompagnait en pinçant les cordes de l'instrument. S'exécutant de la meilleure grâce, ils chantaient à tue-tête et n'importe comment, reprenant incessamment *La Marion s'en allait*, puisque c'était ce que préférait le S. S.

Toutes sortes de choses furent introduites cette nuit-là dans le ghetto par une chorale en hauts-de-forme. Les chapeaux avaient été naturellement remplis à ras bord, de charbon surtout et de charcuterie. Les policiers de garde à l'entrée du ghetto n'en finirent pas de s'étonner devant l'extraordinaire spectacle de cette procession fantôme.

Cependant que « la Marion s'en allait, s'en allait encore au cimetière », le S. S. faisait entrer en grande pompe trois contrebasses dans le ghetto.

*

Patiemment, Schächter continuait à accumuler ce dont il avait le plus besoin. Il avait déjà copié les partitions de la plupart des instruments et s'appliquait à sélectionner les chanteurs et les exécutants qui lui manquaient. Les paroles du vieux mendiant revenaient souvent à son esprit, il commençait à croire que ce vieux braillard avait raison : un chœur de quarante chanteurs ne lui suffirait pas, il lui en faudrait près du triple sans doute, cent vingt probablement. Quatre-vingts dans l'immédiat paraissait déjà un chiffre difficile à atteindre. De nombreux amateurs de Terezin ne manquaient certes ni d'enthousiasme, ni de culture musicale ; il ne pouvait cependant les accepter sans leur faire passer individuellement une épreuve pour pouvoir sélectionner les meilleurs. Le mieux lui parut de commencer à étudier un certain nombre d'opéras. Après *La Fiancée vendue*, il entreprit l'étude du *Baiser*, de Smetana aussi. Poussé par un sens presque jaloux du prestige national, le commandant du camp exigea qu'après chaque œuvre musicale tchèque on jouât au moins une composition allemande ; il laissait du même coup espérer à Schächter qu'il pourrait monter d'autres opéras.

Raphaël se plia donc et se mit à l'étude des *Noces de Figaro* et de *La Flûte enchantée.* Pour chaque œuvre, il prit soin de renouveler complètement ses effectifs, distribuant les rôles des solistes et les voix du chœur tantôt aux uns, tantôt aux autres, afin de mieux connaître ses chanteurs, de retenir les meilleurs et de pouvoir par la suite les faire participer aux répétitions plus importantes de son *Requiem.*

« Vous aurez votre solo dans cet opéra, je vous l'assure, promettait-il à un artiste de renommée mondiale, pour l'amener à accepter à son insu, mais pourriez-vous tout d'abord chanter pour moi dans le chœur de ce *Requiem*, cela me rendrait service. » À ceux qui lui martelaient leurs anciens succès et insistaient pour se voir confier une partie de soliste, il avait pris l'habitude de répondre que de toute façon il y aurait beaucoup d'appelés et peu d'élus.

Il chercha à rencontrer les autres chefs d'orchestre qui se trouvaient dans le camp, les incitant à commencer eux aussi l'étude de quelque opéra : « Vous avez de nombreux amis, de nombreuses connaissances qui vous permettront de trouver des chanteurs, faites-les répéter et vous me les prêterez pour mon *Requiem.* » On l'écouta, son exemple fut suivi ; sous les combles de l'école, Klein se mit à étudier *Rigoletto,* la *Tosca* et *Carmen,* Fischer commença à répéter les oratorios d'*Élie* et de *La Création.* Plusieurs orchestres furent créés, ainsi que des quatuors à cordes. Partout Schächter proposait son concours, donnait des conseils, acceptait l'aide qu'on lui offrait ou prenait ce qu'il pouvait trouver. C'était un travail épuisant, il se fatiguait. Chaque convoi qui partait emmenait en effet quelques-uns des artistes qu'il avait eu tant de mal à rassembler, chaque convoi qui arrivait ne lui apportait au contraire que des inconnus.

Malgré tous ces obstacles, l'œuvre avançait et le petit groupe de ses chanteurs augmentait. La vaste salle de la cave où ils se réunissaient ne fut bientôt plus assez grande pour les contenir tous. Schächter fut obligé d'établir un plan de travail réfléchi et ingénieux pour répartir et organiser toutes ses répétitions. Et il dut rapidement s'y tenir avec rigueur. Il essaya à plusieurs reprises d'équilibrer ses voix pour que les rapports sonores entre instruments et chanteurs restent purs, en parfaite harmonie et bien proportionnés par rapport à l'ensemble. Il ne cessait cependant de comparer, de sélectionner parmi ses chanteurs et ses musiciens ceux qui répondaient le mieux à ce qu'il attendait, se montrant souvent si exigeant que beaucoup de ses amis le lui reprochèrent. « Le *Requiem* ne saurait être qu'un simple divertissement pour un chef d'orchestre, leur répondait-il, chacun ici s'applique à donner la meilleure part de lui-même, c'est pour moi une lourde responsabilité qui m'engage complètement. »

Il se montrait surtout intraitable sur le choix des solistes. Aucun nom célèbre ne parvenait à l'influencer. Seule comptait la voix qu'il cherchait et pour rien au monde il n'en aurait accepté une autre. Trois solistes avaient déjà été retenus ainsi. Le quatrième, la basse, lui manquait toujours, ce qui l'empêchait de plus en plus de répéter certains passages.

*

Quelle étrange histoire ! Schächter ne comprenait pas comment cela lui était arrivé. Cela se passa le jour de son anniversaire ; il avait trente-cinq ans. La discipline s'était relâchée pendant la répétition; seule responsable, Marouchka, qui avait tout arrangé. La veille, les solistes en s'accompagnant à l'harmonium avaient essayé de répéter l'*Offertoire*, quelqu'un du chœur avait accepté de les tirer d'affaire et de chanter la partie de basse. Il y était parvenu beaucoup mieux qu'on n'aurait pu le croire. À la soixante-dixième mesure, Schächter avait pourtant interrompu la répétition; il y avait là quelque chose d'incompréhensible, leur dit-il, et il voulait *y* réfléchir calmement. « Revenez tous demain, je voudrais reprendre avec vous ces quelques mesures, si vous le voulez bien, ce sera vite fait. »

Le lendemain, les solistes et le chœur se réunirent à nouveau en présence de leur auditeur habituel, le mari d'Élisabeth. Schächter était de mauvaise humeur, il avait visiblement oublié son anniversaire. « Que le diable vous emporte ! » se mit-il à crier en lançant sa partition sur une chaise. Il fit approcher les chanteurs de l'harmonium et leur montra çà et là différentes mesures sur une partition restée ouverte : « Regardez, mais regardez donc, insistait-il, ce qui est indiqué ici dans l'*Offertoire*, le texte latin est explicite. "Homme, prends garde de tomber dans la gueule du lion, d'être précipité dans les ténèbres de l'enfer." Remarquez combien chez Verdi les états d'âme peuvent changer d'une mesure à l'autre; tenez, un peu après, l'archange Michel apparaît portant l'étendard des milices célestes, pour indiquer aux âmes hésitantes le chemin de leur salut et les conduire des horreurs des ténèbres à la splendeur de la lumière céleste.

« Voyez maintenant la musique qui annonce sa venue ; ces lamentations au début, cette frayeur, nous nous enfonçons dans la nuit, toujours, encore plus bas, puis, soudain, voyez, là, à la soixantième mesure exactement, se dresse cette petite syllabe "mais", en latin ce petit *sed*, qui est pour l'auteur d'une grande importance, une pierre de touche de son inspiration. De là viennent toutes nos difficultés. Depuis hier je me casse la tête pour savoir que faire, ce mot est incroyablement long, il ne dure pas moins de sept mesures et s'étire comme un chewing-gum qui n'en finit pas. Ligne de partage entre les puanteurs infernales et les béatitudes du ciel, il annonce l'approche de l'archange, du messager sublime. Si seulement Verdi avait choisi une autre syllabe, se terminant par un O ou un U, nous aurions pu en tirer quelque chose de vraiment expressif, mais que pouvons-nous faire avec ce maudit *sed* ? »

Ils commencèrent néanmoins à répéter. D'abord à partir de la trente et unième mesure, puis de la quarante-septième. Schächter, qui dirigeait derrière son harmonium avec des gestes arrondis de danseur, essaya par tous les moyens de faire ce qu'il pouvait pour atténuer la sonorité sèche et incertaine de ce mot malheureux. En vain. Il n'y parvenait pas, et il lui semblait impossible d'atteindre la soixante-dixième mesure. La répétition fut donc interrompue et il alla s'asseoir à l'écart sans cacher sa colère. Comment un musicien aussi remarquable que Verdi avait-il pu choisir à un moment aussi important de son œuvre ce mot sans couleur pour exprimer des nuances essentielles ? On ne pouvait de toute façon le chanter qu'en bêlant ou en pleurnichant. Et il restait abattu, silencieux.

Soudain il se leva, tout lui parut clair ; il avait seulement oublié l'accent si particulier avec lequel s'expriment les femmes en Italie. Ce n'était pas *sed* qu'il fallait prononcer, mais plutôt *sid* avec un I prolongé. Cette syllabe retrouvait son éclat perdu. « J'ai trouvé », s'écria-t-il en pressant les solistes de reprendre leurs places, et la répétition recommença.

Tout alla d'abord pour le mieux. Ce malheureux *sed* chanté de cette nouvelle manière paraissait très acceptable, mais soudain Schächter eut l'impression que sa soprano ne suivait plus la partition avec attention ; tous se précipitèrent vers lui pour l'entourer, seule Marouchka continua à chanter d'une voix délicate en remplaçant le nom de l'archange Michel par celui de Raphaël. Les chanteurs le reprirent en chœur : « *Vivat Raphaël.* » Son nom emplit la salle. « Vive Raphaël, notre porte-étendard ! » Ils criaient avec joie et lui souhaitaient son anniversaire. La discipline s'était dangereusement relâchée, cela n'était encore jamais arrivé, il ne pouvait pourtant pas leur en vouloir. Après un moment de détente, chacun s'apaisa et ils commencèrent à répéter le *Sanctus*. Les solistes, qui n'avaient pas à intervenir à ce moment de l'œuvre, étaient restés dans la salle, curieux de savoir comment les choristes se tireraient de la fugue difficile qui était écrite pour deux parties. La salle tout entière tremblait à la proclamation de la gloire qui allait emplir les cieux et la Terre, quand, avec une assurance inouïe, une voix interrompit la répétition.

« Je vous en prie, je vous en prie, reprenez une fois encore ce passage », demanda le mari d'Élisabeth en tremblant d'émotion. Ils étaient stupéfaits : par quelle impertinence avait-il pu troubler ainsi le travail de tous ? Schächter se domina, il ne pouvait décemment rien refuser à l'infirme, aussi ordonna-t-il de reprendre le *Sanctus* comme celui-ci le désirait. Les basses chantaient en écho le thème musical quand elles furent interrompues à nouveau.

Très excité, le mari d'Élisabeth montrait du doigt l'un des chanteurs dans le chœur : « Je vous en prie, Monsieur, qui êtes là, non pas vous, mais vous qui êtes derrière. » Un homme maigre et très grand, de quarante ans peut-être et déjà grisonnant, sortit du rang à son appel.

Tout le monde le connaissait, c'était un personnage taciturne et modeste du nom de Joseph.

« Ne vous fâchez pas, supplia la voix anxieuse du mari d'Élisabeth en se tournant vers Schächter. Pourrais-je vous demander de l'autoriser à répéter ce passage avec ma femme, car je crois qu'il fera l'affaire. » Très sceptique, Schächter accepta.

Trois semaines plus tard, Joseph se présentait. *Confutatis maledictis, flammis acribus addictis*, sa voix ébranla la salle de répétition et convainquit le chef d'orchestre. Schächter ne comprenait pas comment il avait pu si longtemps ne pas le remarquer, Joseph tiendrait admirablement la partie de basse. Dès ce jour, Joseph, Élisabeth et François ne furent jamais séparés dans l'esprit de leurs camarades, on ne les appela plus que « Leurs Majestés les Habsbourg ».

*

Quelque temps après, Schächter arriva en retard ; ce n'était pas son habitude, on l'attendait avec impatience et on commençait à s'inquiéter quand tout à coup il entra. Bruyant, parlant à haute voix, comme transformé, il allait de-ci de-là avec vivacité, nerveux, obéissant à quelque mouvement irrépressible, cependant que, dans sa hâte, ses larges pantalons aux plis démesurés flottaient autour de lui ; il cria enfin qu'on ne répéterait pas, que la répétition était suspendue. Il s'installa pourtant à sa place sur la caisse, saisit sa baguette et frappa vivement sur son pupitre.

« Venez près de moi, s'il vous plaît, je vous en prie, plus près encore, je vous apporte aujourd'hui une grande nouvelle. » Sa voix était solennelle et ne cachait pas son émotion, il regardait à la ronde avec une joie soudaine. « Il s'agit d'un ordre de la *Kommandantur*, je viens d'apprendre que le commandant a décidé que désormais les artistes de Terezin ne feront plus partie des convois; ils resteront ici, dans ce camp, et seront épargnés. L'ensemble de notre chorale et de notre orchestre, vous tous qui êtes ici venez d'être enregistrés par le doyen des Juifs d'après la liste que je lui ai remise. »

Exultant, il sauta enfin de son estrade improvisée, s'avança parmi ses musiciens profondément émus et se mit à les embrasser les uns après les autres. « Rendez-vous compte, continua-t-il, que c'est sans aucun doute le salut pour nous tous, pour nos femmes et pour nos enfants, la fin de l'inquiétude et de l'angoisse quotidiennes. La fin de la guerre approche chaque jour, les camps de concentration vont bientôt s'ouvrir, les Allemands sont battus, les nazis ont perdu la guerre, déjà ils cherchent désespérément des alibis pour échapper à la justice. Il faut vraiment qu'ils se sentent coupables pour décider aujourd'hui de protéger des artistes juifs; qui aurait pu seulement imaginer un tel renversement de notre situation il y a quelque temps encore ? Les hitlériens protègent maintenant les artistes juifs, n'est-ce pas étonnant ? »

Les gens dans la cave commençaient peu à peu à réaliser et à comprendre ce dont il s'agissait. La plupart se trouvèrent soudain complètement désemparés, ne sachant que faire ; on riait et on pleurait en même temps. « Raphaël doit avoir raison, disait quelqu'un, la guerre est finie maintenant pour nous, nous l'avons échappé belle, il s'en fallait à peine d'un cheveu, mais nous sommes sauvés. »

Lentement Schächter s'approcha de son estrade et y remonta, personne ne faisait plus attention à lui. On continuait ici et là à s'embrasser et à s'étreindre, on n'en finissait pas de vouloir bien comprendre et saisir le sens et la portée incroyables d'une telle nouvelle. Schächter prenait garde d'interrompre ce débordement de joie, il se tenait tout droit, un peu à l'écart sur sa caisse, regardant alentour avec des yeux brillants et d'une vivacité extrême.

Il y arriverait, il triompherait maintenant de tous les obstacles... « Vraiment, se dit-il, je commence à croire à cette réussite » et il n'en doutait plus. Personne ne l'avait cru tout d'abord, pas même le personnage moqueur au fond de lui-même qui n'avait cessé de se gausser de lui, cette autre part de sa personnalité raisonneuse et qui toujours avait douté de son effort. « Tu as perdu la raison, Raphaël, comment peux-tu croire que tu parviendras à monter ce *Requiem* dans un camp de concentration juif ? Tu n'es qu'un fantaisiste, un pauvre fou, personne n'a jamais vu pareille chose... » La voix perfide n'avait cessé de le tourmenter, insinuante, ironique, insupportable.

Personne du reste ici ne le croyait et n'avait confiance en lui, ce n'était pas l'œuvre à laquelle ils travaillaient tous qui les intéressait, mais les répétitions, parce qu'elles leur rappelaient d'heureux souvenirs, les aidaient à oublier le cauchemar quotidien de leur vie et leur donnaient surtout assez d'illusions, d'espoir et de force pour s'entraider à supporter leurs malheurs. Mais que croyait-il donc, c'était cela seul qu'ils attendaient, ils lui en étaient du reste reconnaissants, pourtant personne ne songeait réellement qu'il parviendrait à mener à bien ce qu'il avait commencé.

« La vie n'aurait vraiment aucune joie, aucune valeur si l'homme n'était capable d'atteindre au but qu'il poursuit ; je me suis fixé un grand but, se disait-il, et j'y arriverai, en dépit de toutes les difficultés rencontrées. J'en suis maintenant certain, il me suffira de savoir réunir tout ce dont j'ai besoin et je réussirai à entraîner tous mes musiciens. » Avec ce grand orchestre, ce chœur de presque cent vingt personnes, il parviendrait enfin à recréer cette œuvre dont l'interprétation et la valeur ne dépendaient que de son intelligence artistique.

En tapant légèrement et à coups répétés avec sa baguette sur le rebord de son pupitre, il parvint peu à peu à rétablir le calme. Chacun reprit sa place. La répétition ne pouvait avoir lieu maintenant comme d'habitude. Ils ne pouvaient cependant se quitter comme à l'ordinaire sans fêter ce jour de façon solennelle, aussi décidèrent-ils de chanter.

« Un passage du *Requiem* rappelle la promesse faite à Abraham et à sa descendance dont parle l'Ancien Testament, leur dit Schächter en souriant ; je serais d'avis de le chanter, pour que Dieu nous entende et se rende enfin compte des tourments endurés par cette race d'Abraham à laquelle il a tant promis. L'aurait-il oubliée ? Nous nous devons aujourd'hui de le lui demander, puisqu'il a permis que l'on nous marque aussi sauvagement dans notre sang. Mais qu'en pensez-vous ? » poursuivit-il en se tournant vers les solistes. Une pensée sembla le troubler... « *De morte transire ad vitam*, l'*Offertoire* se termine par ces mots d'espoir, dit-il d'une voix grave, nous les chanterons aussi, car il nous faut de toute manière espérer que les portes de ce camp de concentration s'ouvriront, qu'il nous sera enfin possible de connaître tous une nouvelle vie, une vie meilleure. » Un sourire éclaira de nouveau son visage. « Reprenons donc cet *Offertoire* à partir de la mesure quatre-vingt-neuf, reprit-il. La basse commence, le basson dans l'orchestre lui répond. *Quam olim Abrahae.* »

*

Ils partent... Ils sont en train de partir.

Personne n'avait crié ces paroles impitoyables, personne ne les avait même murmurées. Pourtant chacun, même sous terre au fond de cette cave d'une des casernes de Terezin, s'en était tout à coup rendu compte ou l'avait pressenti. Elles s'insinuaient dans les esprits, paroles corrompues, empoisonnées et glacées, traversant et paralysant les corps.

La main du chef d'orchestre s'immobilisa subitement au-dessus du pupitre, comme pétrifiée dans un geste inachevé. Ses doigts semblaient montrer quelque chose dans le vide, de façon stupide, inconsciente. Un instant après elle retomba, esquissant un mouvement saccadé et nerveux, et se replia avec lassitude. Rien ne bougea plus dans la pénombre de la salle mal éclairée.

Le silence peu à peu s'empara de tout, il venait de l'extérieur, d'en haut, de partout, glaçant les murs, enserrant toute chose, blessant, déchirant les hommes comme un cri strident. Bientôt l'air se figea dans le froid, rien ne bougea plus. Schächter n'entendait plus rien, comme si la rumeur lointaine de la vie au dehors s'était tue, cette plainte solitaire, ce bruit tout à l'heure encore incessant par les rues, dans les maisons. Les murs semblèrent d'abord le réfléchir, en renvoyer l'écho, étouffant toute chose en faisant vibrer l'air, cet air que chacun respirait il y avait quelques instants à peine, sans le savoir, comme une part de la vie.

La rumeur avait maintenant complètement cessé, comme si l'obscurité, le froid d'une nuit noire l'avaient atteinte, comme si le souffle de la mort l'avait effleurée ; ce n'avait d'abord été qu'un frisson glacé au fond de lui-même, et puis il ne perçut plus rien. Son corps se raidit, une étrange nervosité l'agita, quelque chose d'inéluctable et de dangereux attendait, se préparait, cela devait arriver, rien ne pouvait désormais l'empêcher, se dit-il. Ils ne pouvaient qu'attendre, impuissants à le conjurer. Et il fut saisi d'horreur.

Puis tout lui devint subitement compréhensible, il prit conscience de la raison de tant de silence. « Ils partent, les voilà qui partent », reprit une voix au fond de lui-même : ce cri lui déchira la gorge et le fit frissonner.

Rien ne bougeait plus dans la grande cave, toute vie semblait avoir reflué. Le regard las du chef d'orchestre allait de l'un à l'autre, sans pouvoir se fixer sur l'une des nombreuses silhouettes immobiles devant lui. Il ne paraissait même pas voir toutes ces têtes baissées. L'âme perdue, comme machinalement, Schächter se mit à compter les places laissées vides dans les rangs de *ses* chanteurs ; elles seules l'attiraient, là se pressaient encore hier tant d'amis, ces musiciens disparus. Son chœur était peut-être irréparablement démantelé.

Droit devant lui dans le rang des solistes se tenait Marouchka, immobile, dont les yeux grand ouverts semblaient dilatés d'horreur.

Schächter tressaillit. Il se sentit attiré par le large front de cette femme, qu'aucune ride n'avait marqué, comme si elle n'avait pas souffert. Seuls ses yeux immenses exprimaient une profonde douleur. La plus précieuse de ses chanteuses lui était au moins restée, et ses yeux de voyante accusaient.

Tout à coup elle s'approcha et vint tomber à ses pieds ; elle ne pouvait supporter ces places abandonnées à côté d'elle, où se trouvaient hier encore François, Joseph et Élisabeth, « Leurs Majestés les Habsbourg » comme on les appelait sans méchanceté. Hier encore ils étaient là ; où se trouvaient-ils maintenant ? Et elle se mit à pleurer.

À travers la fente étroite du soupirail percé dans l'épaisseur du mur, au ras de la voûte, leur parvint le bruit sourd de pas traînants et las. Ils résonnaient et se répercutaient dans la profondeur de la cave silencieuse. Chacun devinait comment on les faisait marcher en troupeau, lentement, à travers les rues désertes du ghetto, femmes et enfants regardant muets pour la dernière fois les fenêtres closes de leurs maisons et de leurs baraques abandonnées. Emmitouflés hiver comme été dans de lourds vêtements trop chauds, surchargés de longs manteaux, vacillant sous le poids d'énormes ballots et de sacs à dos démesurés. On entendait nettement le bruit que faisaient maintenant les clous des bottes des prisonniers sur les trottoirs des rues de Terezin. Chacun songeait à François et à sa sœur, à Joseph et à sa vieille mère, et ils voyaient en imagination Élisabeth poussant vers le convoi son mari infirme dans sa petite voiture.

Schächter se laissa emporter par la colère. « Ils m'ont trahi, tous m'ont trahi. Pourquoi n'ont-ils pas accepté de laisser leurs familles partir sans eux, pourquoi avoir voulu absolument les suivre ? Les gens perdent complètement la raison, pensa-t-il, dès que les liens du sang les retiennent. » Tous les arguments qu'il avait essayé de leur faire comprendre, tous les reproches même qu'il leur avait adressés étaient restés vains. Ils ne l'avaient pas laissé parler, ils ne l'avaient même pas écouté.

Il se sentit trompé, son chœur était irrémédiablement bouleversé, son œuvre resterait inachevée. Une profonde amertume s'empara de son esprit, sans doute n'avaient-ils en effet jamais vraiment cru à sa réussite : tant d'échecs, tant de difficultés restaient insurmontables. Ils avaient donc renoncé, pour leurs familles, ils s'étaient même sacrifiés vainement, sans songer au réconfort qu'ils auraient pu apporter aux autres en restant.

Pierre, le basson, les avait quittés lui aussi. Il ne pouvait abandonner sa femme et ses enfants. Schächter ne s'était pas senti le courage de l'en dissuader. Vingt-quatre chanteurs, douze instrumentistes manquaient. Une profonde tristesse l'envahit. Pouvaient-ils faire autrement alors qu'il n'était plus aucune raison d'espérer ? Meisl le violoncelliste, ce pauvre Meisl, qui le premier avait réussi à introduire en fraude son instrument dans le ghetto, n'était plus là. « Il faut bien savoir quelquefois prendre des risques, avait-il coutume de dire, sinon comment aurais-je pu garder auprès de moi mes quatre petits enfants ? » Schächter passa la main sur son visage couvert de sueur, il frissonnait. Meisl était parti vers le convoi avec ses enfants, laissant son violoncelle que personne ne passerait plus clandestinement.

Tout le monde dans la salle semblait sortir d'une torpeur suffocante, d'un cauchemar fiévreux et agité. La proximité de ces hommes, de ces femmes et de ces enfants qui se traînaient dehors péniblement vers des wagons à bestiaux et s'apprêtaient à partir vers une destination effrayante les remplissait d'angoisse. Ils ne voulaient plus chanter.

Schächter le comprit ; obéissant pourtant en aveugle à quelque réflexe, il tendit lentement la main vers sa baguette. « Nous allons continuer cette répétition, leur dit-il d'une voix sourde et mal assurée, car nous ne devons pas nous arrêter. Si vous le voulez bien, nous reprendrons dès maintenant les parties chantées qui peuvent se passer de solistes. »

Un long silence suivit ses paroles. « Revenons au vers : *Requiem aeternam dona eis, Domine, et lux perpetua luceat eis*, reprit-il. Ce vers nous rappellera à jamais les pas que nous venons d'entendre. Essayons d'exprimer par ces quelques mots, je vous en prie, tout ce que nous ressentons si profondément aujourd'hui : "Donnez-leur le repos éternel, Seigneur, et faites luire pour eux la lumière éternelle." »

*

Les derniers rangs des prisonniers venaient de passer devant les casernes, le bruit sourd de leurs pas s'était effacé, le chant du chœur s'interrompit comme pour leur rendre un dernier hommage. Et le silence se fit.

Partout, les rumeurs de la vie de chaque jour recommencèrent peu à peu. Dans la cave, rien ne les troublait encore, personne n'osait parler, élever la voix. Schächter se taisait; d'un geste vague de la main il leur fit comprendre que la répétition était terminée cette fois, qu'il les renvoyait. « Rentrez chez vous, c'est assez pour aujourd'hui », semblait-il leur dire. Les chanteurs, indécis, hésitèrent un instant, certains s'approchèrent, croyant n'avoir pas bien compris, mais il les repoussa. Ils pouvaient partir. Non, il préférait rester seul un moment, s'attarder encore. Chacun sortit donc silencieusement et Schächter resta seul dans la salle.

« Comment est-ce possible ? Il y a une semaine à peine, nous exultions tous : *Quam olim Abrahae promisisti*. Je répétais partout que nous allions surmonter toutes les difficultés, le pourrai-je maintenant avec un chœur et un orchestre décimés ? Il ne me reste qu'un soliste », murmurait Schächter se laissant aller au désespoir.

Le commandant du camp lui avait pourtant promis de protéger les artistes. Le même jour, la *Kommandantur* avait donné l'ordre aux petits enfants, aux orphelins, aux veufs et aux veuves de partir par le premier convoi ; elle le faisait, disait-elle, dans l'intérêt des habitants du ghetto, afin que tous puissent jouir enfin d'une vie meilleure. Elle tenait toujours ses promesses : pouvait-on lui reprocher la tuberculose qui avait frappé à Terezin la sœur de François, l'infirmité du mari d'Élisabeth qui était arrivé dans le ghetto poussé par sa femme dans sa petite voiture, la mort enfin de la maman des enfants de Meisl ? Tout cela n'était que justice ; la *Kommandantur* n'avait jamais obligé Meisl à partir, ni les autres artistes qui avaient été exemptés de suivre ce convoi. Si elle tenait ses promesses, la *Kommandantur* exigeait en retour que ses ordres fussent respectés. Ils étaient partis de leur plein gré, ils l'avaient demandé, le commandant n'avait pas voulu se montrer inhumain, leur requête avait donc été acceptée, il avait empêché qu'on les séparât de leur famille et voilà tout. On ne pouvait que l'en féliciter.

Quel plan satanique ! La colère s'empara du chef d'orchestre. « Ce ne peut être aucun des tueurs et des assassins que je rencontre chaque jour qui a inventé cette machination monstrueuse, aucun de ces S. S. brutaux qui nous rouent de coups, nous assomment et nous battent continuellement. Ce ne peut être non plus le commandant du camp ni même Günther à Prague, pensa-t-il, mais l'un de ces hauts personnages élégants, polis, recherchés, qui se montrent toujours d'une extrême courtoisie avec les Juifs, qui détestent les coups et n'auraient pas supporté qu'un S. S. ose frapper un Juif devant eux. Ce sont les plus perfides, se dit-il, plus ils feignent de se comporter avec correction, plus ils sont dangereux. Eichmann ou Moese ont sans doute inventé cette mise en scène crapuleuse ; Moese surtout, qui a une prédilection pour les choses de l'art, s'en vante et aime se faire présenter les artistes juifs, lui seul doit savoir jouir de raffinements aussi odieux. »

Schächter était désespéré. « Comment peuvent-ils ressentir le moindre sentiment humain, éprouver la moindre émotion artistique alors que tout est dissimulation chez eux, mensonge et tromperie ? Ils y prennent plaisir, ils recherchent ce plaisir. » Tous ses efforts lui paraissaient vains maintenant, une fois de plus il avait été dupe et s'était laissé abuser en voulant les croire.

« Aurais-je pu seulement ne pas les croire, ne pas espérer que nous serions sauvés ? se dit-il. Dois-je tout abandonner, laisser là tout ce que nous avons fait, ou le recommencer entièrement ? » Il compta à nouveau ceux de ses camarades qui n'étaient plus là : trois solistes au premier rang, un nombre très important de choristes.

Son regard parcourait les rangs déserts, une grande tristesse l'oppressait, quand ses yeux furent attirés par le violoncelle de Meisl. Il ne l'avait pas remarqué. L'instrument gisait contre un banc, il lui sembla qu'on l'avait arraché des mains de l'artiste à qui il appartenait avant de l'abandonner là. Il se souvint que Meisl lui confiait ses pensées les plus intimes, essayant de traduire en musique sa douleur et ses joies, son angoisse, ses humiliations ou son amour. « Pauvre figure délaissée, que personne n'interrogera jamais plus, que personne ne serrera plus dans ses bras, murmura-t-il en s'approchant de l'instrument, tu étais son ami le plus intime. »

Schächter tendit la main pour le prendre, il aurait voulu à son tour tout oublier, mais une profonde angoisse l'en empêchait, il tremblait. Non, il ne le pouvait pas, il ne pouvait jouer maintenant ; un sanglot de désespoir le secoua convulsivement : il ne pleurait pas sur son œuvre perdue, sur tous ses espoirs dissipés, mais sur les quatre enfants de Meisl derrière lesquels venaient sans doute de se refermer les lourdes portes d'un wagon à bestiaux.

*

Ses larmes l'apaisèrent. Il se ressaisit et se leva pour ne pas rester ainsi abattu, indécis devant le violoncelle de son ami. Sa place n'était-elle pas devant son pupitre ? C'était là qu'il avait tant de fois dirigé son orchestre, c'était là qu'il devait de nouveau se décider. Si près du but il n'abandonnerait pas, il ne reculerait pas cette fois encore, il se devait de poursuivre son œuvre jusqu'à la fin. Les instruments étaient toujours là, il trouverait certainement assez de musiciens pour remplacer ceux qui l'avaient quitté. Le chœur de toute façon l'inquiétait moins, car il avait toujours pris soin de faire répéter plus de chanteurs qu'il n'en avait besoin pour monter son *Requiem.* « Il me faudra sans doute continuer avec moins de choristes, se dit-il, avec un orchestre réduit, un piano seul à la rigueur. » Cette idée le rassura tout à fait : d'une manière ou d'une autre, il y parviendrait.

Soudain, il se souvint d'une mezzo-soprano qu'on venait de lui présenter. Elle s'appelait aussi Élisabeth, quoique très différente de caractère de celle qu'ils avaient perdue. On la surnommait « Bietka », parfois même « Bietka-de-la-Chapelle » parce qu'un curé de campagne, nullement gêné de confier la partie de solo dans son église à une jeune Juive, lui avait autrefois enseigné le chant, sans doute séduit par sa voix souple et caressante. Cette jeune fille avait un cœur d'or. À Terezin, dans le camp, elle trouvait le temps de s'employer comme une sœur de charité, ne pensant qu'aux autres et se sacrifiant aux tâches les plus pénibles auprès des vieillards fous et couverts de vermine enfermés dans leurs cellules.

Il l'aurait certainement retenue pour la partie de solo dès le premier jour si elle n'avait malencontreusement trébuché sur un vers. « Il faut absolument que tu apprennes à prononcer distinctement, lui avait-il dit en la grondant. C'est en latin que tu chantais à l'église, n'est-ce pas, ma petite demoiselle ; ce prêtre t'a malheureusement laissée le prononcer avec un accent tchèque déplorable. » Et il continua à la rabrouer sans faire attention à ce que ses paroles pouvaient avoir de blessant pour elle : « Apprends donc à articuler le mot *Lacrymosa* correctement, ce mot plein de larmes chante de lui-même. Il faudrait pour cela que tu oublies tous ces sons durs, toutes ces consonances tchèques que tu as dans la bouche. Les deux premières syllabes doivent se dire presque en même temps, d'un seul jet, *lacry*, la suivante, *mo*, est plus accentuée, elle a une couleur profonde. *La-cry-mo-sa.* Toi, tu te précipites beaucoup trop, comme un cheval qui s'emballe dès le premier instant. » Et il se mit à prononcer plusieurs fois ce mot, s'arrêtant chaque fois sur la syllabe *cry.* « Si tu savais ce qu'une Italienne ou une Française peut faire avec un simple R mouillé, tu n'en serais pas là. Elles peuvent supplier d'une voix caressante, confesser leur passion, rire ou pleurer, tout leur est possible. Mais toi ? Tu ne parviens avec ta voix de gorge qu'à faire vibrer un vigoureux *cry.* Ta façon de prononcer la syllabe suivante, *mo*, n'est du reste pas meilleure. Ce n'est pas de ta faute. Les Tchèques ne savent employer cette pauvre voyelle O que pour jurer ou pour blasphémer. Triste hasard. Tu es pourtant une jeune fille comme les autres et tu t'intéresses certainement à la mode. Tu devrais donc prononcer cet O comme si tu devais chanter les charmes de la mode, de la mo-o-ode » et, la bouche arrondie, il articula plusieurs fois la première syllabe.

Schächter regrettait maintenant de s'être montré si pédant ; ce dernier jeu de mots avait profondément vexé Bietka, elle s'était alors laissée aller à une bouderie amère, qui n'avait heureusement pas duré. Bietka était en effet la meilleure des filles, une mezzo-soprano et un cœur d'or. Il ne s'était montré aussi irritable et emporté que parce qu'il n'avait pu s'empêcher de la comparer à l'autre Élisabeth, une chanteuse de grande classe et qui n'avait pas besoin d'apprendre à prononcer le latin.

Refusée pour ce seul *Lacrymosa*, Bietka avait été néanmoins admise dans le chœur. Sa voix jeune, fraîche et discrète, toujours égale et bien équilibrée, la fit très vite remarquer. « Vraiment un cœur d'or et une vraie mezzo-soprano », se répétait souvent Schächter en se félicitant de l'avoir rencontrée. Il lui arrivait de comparer les deux Élisabeth et de la préférer. « Ce prêtre de campagne savait certainement ce qu'il faisait quand il confia à cette jeune Juive la partie de solo de son chœur, concluait-il. » Cette dernière pensée le décida. Il tenterait un nouvel essai avec elle, si du moins elle le voulait encore, si elle ne s'y refusait pas.

La porte de la cave s'ouvrit à ce moment. Schächter crut reconnaître Marouchka, mais c'était Bietka.

« Venez, Raphaël, lui dit-elle, vous ne pouvez pas rester dans ce trou à broyer du noir, vous n'avez pas mangé, je vous ferai cuire quelques pommes de terre et des oignons avec un morceau de margarine. » Il alla à l'harmonium, remua un paquet de partitions, en choisit une, la prit et la tendit à Bietka, c'était le *Lacrymosa*.

*

« Quand nous reviendrons, j'écrirai une histoire, une courte nouvelle ou peut-être un conte, un conte de fées, répétait souvent Schächter. Je raconterai entre autres choses comment le ciel a pu se perdre en enfer et comment l'enfer est monté au ciel, comment aussi j'ai pu trouver rapidement un ténor et une basse. »

Il avait en effet rencontré un ténor du nom de Rosenfeld, le meilleur chanteur de Terezin mais constamment malade depuis son arrivée au ghetto ; on ne pouvait trop compter sur lui, son état risquait à tout moment de s'aggraver. Il fallait donc lui trouver un éventuel remplaçant.

De même, depuis le départ de Joseph, une voix de basse lui manquait et il lui paraissait très difficile d'en trouver une autre. « Quand nous reviendrons, donc, répétait Schächter, je m'arrangerai pour que les Juifs réforment leurs rites. Pourquoi faut-il que seuls les ténors aient le droit de chanter au cours des cérémonies religieuses ? Pour ma part, je verrais assez bien chaque chant confié à la fois à un ténor et à une basse. Bien entendu je ne m'élèverai pas contre les objections que pourrait faire la communauté juive à cette réforme. » La basse ayant malheureusement toujours été considérée comme une voix infernale, il restait probable qu'on lui interdirait toujours l'entrée d'une synagogue. Cette pensée l'enchantait et lui permettait de rire et de plaisanter pour oublier un peu toutes ses difficultés.

Il ne trouvait pourtant pas de basse, personne ne lui paraissait convenir. Malgré ses recherches, toutes les demandes qu'il avait pu faire étaient restées vaines. Les voix de basse du chœur étaient si nombreuses qu'il ne savait qu'en faire, aucune ne le satisfaisait. Il ne pensa bientôt plus qu'à cela, trouver une basse, cette maudite voix l'obsédait. Au point qu'un jour en pleine rue, il crut entendre comme l'écho lointain d'un chant merveilleux. C'était une basse extraordinaire.

« Serait-ce ici le seigneur des enfers ? se dit-il. J'entends des voix. » Fort inquiet, il crut un instant avoir perdu l'esprit. La voix pourtant ne venait pas d'en bas comme il eût été normal, mais d'en haut, des hauteurs du ciel. Il se convainquit qu'elle devait lui apporter un message infernal et commençait à se juger lui-même avec une grande sévérité quand elle se tut subitement. La rue fut enveloppée par une épaisse fumée et une brume nauséabonde. Il se mit à vociférer en courant vers le porche de la maison la plus proche, car cela ne faisait plus aucun doute, c'était le diable en personne.

« Vous vous trompez, Monsieur, lui répondit-on à chaque palier ; aucun chanteur n'habite ici, voyez à l'étage au-dessus. » D'étage en étage il fut bientôt dans les greniers, puis sur le toit.

Il ne s'était pas trompé. L'enfer était monté jusqu'au ciel. Enveloppé d'un épais nuage de suie et de fumée, un être noir et dont l'aspect inspirait l'épouvante était en train d'agiter avec vigueur une sorte de queue phénoménale. « Un ramoneur, c'est un ramoneur », s'écria par deux fois Schächter le plus fort qu'il put pour se prouver ouvertement qu'il n'avait pas peur du diable. « Non, je suis un chanteur », répondit une voix grave et profonde.

Une semaine plus tard, Schächter présentait sa nouvelle recrue à l'ensemble de ses musiciens. Il était ramoneur de son état et s'appelait Charles. Pour ne pas le confondre avec les deux Charles qui faisaient déjà partie du chœur, on l'appela aussitôt Méphistophélès.

*

Ce jour-là, le ténor Rosenfeld ne vint pas à la répétition. Il était encore malade, grelottant de fièvre, on avait dû le transporter d'urgence à l'infirmerie. « Nous n'avons vraiment pas de chance, nous allions justement pouvoir répéter au complet ! déclara Schächter. Rosenfeld nous reviendra bientôt guéri, s'empressa-t-il d'ajouter, je viens de voir ses médecins, ils m'ont promis de faire tout ce qui était en leur pouvoir pour nous le ramener au plus vite. » Un sourire effleura son visage, il resta un moment silencieux. « Cela va en revanche beaucoup plus mal pour Hitler, confia-t-il en baissant la voix, aucune médecine, m'a-t-on dit à l'hôpital, ne pourra plus le guérir, ils sont en général bien informés et n'ont pas l'habitude de répandre de fausses nouvelles. » Cette idée semblait particulièrement le réjouir, il leur fit part d'une petite chanson qu'il venait de composer :

Si Hitler va de mal en pis
Avant que le *Requiem* soit fini
Ne vous en plaignez nenni.

Ce dont il se montra très satisfait. Pour couper court cependant aux plaisanteries, il leur ordonna de reprendre la fugue du *Sanctus* qui n'exigeait pas de ténor.

Brusquement la porte s'ouvrit, un adolescent inconnu fit irruption dans la salle. Il s'arrêta comme saisi d'étonnement devant tant de monde, n'osant s'avancer davantage, une sorte de stupeur sauvage glaçant son visage effrayé. Haletant comme une bête traquée, il referma la porte, s'élança et se perdit l'instant d'après dans les rangs des chanteurs. Tous avaient remarqué l'étoile jaune sur son veston ; pressentant ce qui allait arriver, ils gardaient le silence, comme pétrifiés. La porte de la cave s'ouvrit à nouveau avec lenteur. Un S. S. s'avança avec prudence, c'était Haindl, chacun le reconnut. Une lourde matraque à la main, il s'appuya dos à la porte et parcourut un long moment toute la salle du regard, avec une intense curiosité.

« Soixante Juifs en répétition », articula vivement et distinctement Schächter en se mettant au garde-à-vous. Haindl ne fit aucune attention à lui, ses yeux semblaient fouiller chaque recoin de la cave cependant qu'il faisait danser la matraque dans sa main droite. Il connaissait l'existence de cette salle de répétition, mais n'y était jamais venu. Le hasard faisait bien les choses, cette poursuite d'un homme seul le conduisait devant toute une foule rassemblée. Il regardait d'un air soupçonneux, ne posait aucune question, ne disait rien, se contentant d'observer. Il s'avança tout à coup rapidement dans la salle, longea les rangs des prisonniers pétrifiés par la peur, les examinant, les dévisageant un à un, manifestement incapable de reconnaître celui qu'il recherchait. Il s'arrêta, un fin sourire passa sur ses lèvres, puis il ouvrit la bouche, soudain cria, hurla sauvagement : « *Weitermachen !* »

Schächter se demanda rapidement que faire, comment commencer, quelle partie, quel passage retenir ? Il fallait quelque chose de bruyant, de tonitruant, qui fît le plus de bruit possible, pour que la voix de cet inconnu que le S. S. voulait démasquer se perdît à tout prix parmi les autres. Haindl de toute façon ne connaissait rien au chant choral, il paraissait possible de lui jouer cette comédie sans qu'il s'en aperçût.

« Très bien, ordonna Schächter, reprenons le *Sanctus* » et il tendit le bras, fit un signe avec sa baguette. *Sanctus, Sanctus, Sanctus*, les voix multiples du chœur entonnèrent le thème éclatant, Haindl s'avança, fit le tour des chanteurs en regardant avec attention jusqu'au fond de leurs bouches grand ouvertes. Tout le monde s'appliquait à chanter, ce qui ajoutait à sa confusion. Il ne parvenait pas à reconnaître qui chantait juste et qui chantait faux.

Seul le chef d'orchestre discernait par instants une voix ravissante, chaleureuse et pleine qu'il n'avait encore jamais entendue. Elle reprit le thème de la partition sans une faute, suivant chaque nuance de la ligne mélodique ; c'était un ténor. Certains dans le chœur l'avaient aussi compris, le chant de tous s'emplit de gaieté et de joie.

D'autres regardaient Haindl. « Toi, S. S., semblaient-ils dire, tu n'es point cet envoyé béni de Dieu qui nous vient aujourd'hui en son nom, tu n'es rien pour nous et nous t'avons trompé. » *Hosanna, Hosanna...*

Le S. S. se renfrogna et sortit précipitamment, sans même attendre qu'on lui eût rendu les honneurs réglementaires. On sentit qu'il était l'instant d'après en train d'épier derrière la porte, dans l'espoir que le jeune Juif se trahisse. La répétition se poursuivit, les solistes unirent leurs voix au chœur et ils entonnèrent l'*Agnus Dei* puis le *Lux aeterna.* On approchait du passage où le ténor devait normalement intervenir. Schächter n'interrompit pas le chant, il pointa sa baguette vers l'inconnu, lui fit signe, et comme par miracle le jeune homme devina son désir. Déjà il chantait à pleine voix sa partie de solo. Comme ce garçon chantait bien! Schächter exultait. Il ne lui manquait plus personne, il allait enfin pouvoir reprendre et continuer son œuvre.

*

Tous se pressaient autour de lui. Le jeune homme expliquait son aventure.

« Il me poursuivait avec une matraque à travers les baraques, je l'entendais souffler derrière moi comme une bête. J'ai même cru à un moment ne pas pouvoir lui échapper, quand soudain j'ai entendu un chant, un *Hosanna*. Le vertige m'a pris, je me suis cru mort, cette musique venait du ciel, je l'écoutais tout étourdi. Le chant venait d'en bas et non d'en haut, je me trompais donc complètement, cet *Hosanna* ne pouvait venir que des enfers. Un doute, une inquiétude m'angoissaient. "Chanterait-on du Verdi au paradis ? me suis-je dit en courant, ils doivent plutôt avoir là-haut quelque musique particulière et inconnue des vivants." Tout devenait de plus en plus incompréhensible, je n'avais guère le temps de réfléchir, la peur m'a sans doute dérangé l'esprit, ai-je pensé, ces hallucinations me perdront.

« Un moment je n'y ai plus songé, mais le chant a repris, il était toujours là et m'attirait, j'ai pressenti confusément que mon salut ne pouvait être que dans cette direction. Les gens qui chantaient de cette façon ne pouvaient être cruels. Cette fois je ne me trompais pas. Me voici donc parmi vous, je m'appelle Roderich. »

Les femmes surtout avaient écouté son histoire, qui les avait émues. Quelque chose les déconcertait toutefois, certaines secouaient la tête avec incrédulité en le regardant. Comment ce jeune homme avec ses boucles d'or aux reflets roux, ses grands yeux verts et son nez droit légèrement retroussé pouvait-il être un Juif ? Quelque chose de puéril et d'espiègle dans l'expression de son visage leur rappelait étrangement certaines figures d'anges de Raphaël ou de Murillo. Il y avait là un mystère.

Schächter ne parvenait pas non plus à croire le nouveau venu : non qu'il ne pût comprendre ce récit, qu'il ne voulût retenir cette incroyable histoire de ciel et d'enfer – il lui était arrivé la même chose –, mais il n'avait jamais entendu qu'un chanteur juif eût donné le nom de Roderich à son fils.

« Ton père était-il chanteur ? » lui demanda-t-il. Le garçon répondit qu'il n'avait jamais connu son père, il était un fils naturel, sa mère avait chanté pendant trente ans dans le chœur de l'Opéra de Vienne.

« Comment as-tu donc échoué ici dans le ghetto ? » interrogea le chef d'orchestre.

C'était une longue aventure qu'ils allèrent écouter jusqu'au soir dans un réduit mansardé sous les toits.

Roderich était chrétien, catholique comme sa mère. Longtemps il avait ignoré qu'il était de sang mêlé, sa mère ne lui avait jamais parlé de son père. Déjà, petit garçon, il apprenait à chanter ; sa mère l'y avait encouragé et l'avait fait entrer dans le chœur d'enfants de Vienne. Il venait d'avoir seize ans quand Hitler s'était emparé de l'Autriche. Sa mère voulut à tout prix lui faire passer la frontière. Elle espérait depuis toujours aller en Italie, où de nombreuses relations dans le monde du théâtre l'aideraient. Il allait y avoir une guerre. Elle espérait pouvoir arranger toutes choses avec de l'argent.

Le garçon les regardait d'un air grave; ils l'écoutaient avec attention : « Ce sera une guerre mondiale, m'a-t-elle dit, les gens se verront bientôt démunis de tout, ils vont tout perdre comme pendant la Première Guerre, et elle m'a donné en argent et en bijoux tout ce qu'elle possédait après m'avoir procuré de faux papiers. Ma mère m'a conseillé de continuer le chant, c'était au moins quelque chose que personne ne pourrait m'enlever. J'étais très heureux de quitter Vienne, même en étant obligé de vivre sous une fausse identité, et je me réjouissais de voir l'Italie, la mer et le soleil. »

« Rien donc ne te retenait, lui demanda-t-on, pas même quelque jolie fille, à seize ans déjà ? »

« Oui, peut-être quelque chose dans ce genre », répondit-il. Il n'avait pas vraiment prêté attention à la question. Tout semblait aller pour le mieux, cette aventure l'attirait, il ne voyait pas qu'elle pût mal se terminer, il avait eu tant de chance. Plus que de raison sans doute. Au dernier moment, alors qu'il touchait au but, un petit incident compromit toute l'affaire à Milan. Après enquête à son sujet, on avait constaté qu'il était de droit citoyen allemand. Les autorités italiennes l'avaient donc renvoyé en Autriche où on l'avait affublé d'un uniforme militaire.

Croyant bien faire pour le sauver, sa mère avait alors révélé toute la vérité, elle avait montré des vieilles lettres pour prouver que son père était juif. Une moitié de sang aryen ne suffisait pas de toute façon pour justifier de ses origines de bon Allemand. Par naïveté, elle avait cru que son garçon serait plus en sécurité même au ghetto de Terezin que sur le front russe. Elle s'était occupée de tout à son insu, si bien qu'un mois plus tard, quand l'ordre était venu de le retirer de la garnison où il se trouvait, il ignorait absolument l'endroit où on l'escortait. On l'avait conduit dans son uniforme de soldat directement au ghetto. Là seulement le doyen des Juifs lui avait révélé ce qui lui arrivait, mais il était malheureusement incapable de lui dire ce qui était advenu à sa mère depuis qu'elle avait été arrêtée à Vienne.

Roderich avait terminé son récit. Un long silence suivit ses paroles. « Mais que te voulait donc Haindl ? » lui demanda une femme.

« Haindl est un porc, s'écria-t-il, il ne cesse de tourmenter les jeunes Juifs et le sang réprouvé n'a alors, je vous assure, aucune puanteur pour lui. Avec moi, malheureusement, il s'est brûlé les doigts. Je suppose qu'il n'a pas pu reconnaître qui lui envoyait son poing dans la figure au grenier, ajouta-t-il en souriant, il n'a pas dû bien se rendre compte de ce qui lui arrivait. Avant qu'il n'ait eu le temps de se relever, j'étais dehors ; il ne m'a sûrement pas reconnu. »

Mais ne craignait-il pas qu'on l'espionne, qu'on fasse une enquête, demanda une voix. Il ne s'en inquiétait pas, cela lui était indifférent.

« À vrai dire, je n'ai pas pu dans le noir m'apercevoir qu'il s'agissait d'un S. S., sinon j'aurais sans doute fait plus attention, je me serais tenu sur mes gardes et j'aurais réfléchi par deux fois avant d'agir. Ce qui est fait est fait, soupira-t-il, c'est arrivé et je ne regrette rien.

« J'ai cru pourtant que c'était l'enfer, un véritable enfer, continua-t-il, alors qu'il me poursuivait des soupentes jusqu'à la cave. Imaginez quel a été mon bonheur quand j'ai pu, ne serait-ce qu'un instant, me retourner pour crier à ce visage hideux d'imbécillité cet *Hosanna* que j'avais entendu. Tout s'est transformé comme par enchantement dès que j'ai entendu ce chant. »

Chacun le comprit sans peine et ils l'embrassèrent. Son insolente expression d'ange, cette histoire étrange de ciel et d'enfer charmèrent quelques femmes qui le surnommèrent aussitôt Chérubin.

*

Schächter venait de faire une autre heureuse découverte et il en parlait à tous. Il s'était trouvé en effet un nouvel auditeur capable d'autant de constance que le précédent. « C'est mon petit cochon porte-bonheur », répétait-il en le décrivant tendrement. « Notre chère mascotte », ajoutait Marouchka avec amour.

C'était un homme de grand renom dans le monde de la musique, un historien, un critique savant couvert de titres que l'on surnomma « notre Conseiller à la Cour ».

Il s'agissait du mendiant braillard et à moitié sourd qui avait tant impressionné Schächter au moment où il lui avait appris qu'il voulait monter le *Requiem* à Terezin. Il le cherchait en fait depuis longtemps dans toutes les cuisines du camp quand, après la première du *Baiser*, le petit homme vint se présenter de lui-même, courut vers le chef d'orchestre et le serra dans ses bras. « Alors, ce *Requiem*, est-ce que vous le répétez enfin ? » demanda-t-il vivement. Et il se mit à le supplier avec une sorte de coquetterie pour qu'il accepte de l'amener à ses répétitions. Schächter y consentit, très fier naturellement de l'avoir retrouvé et de pouvoir le présenter à ses camarades. Dès lors, le vieillard ne bougea plus de la cave, il y dormait peut-être. On le trouvait toujours à peu près à la même place en train d'étudier et d'annoter une partition, ce qui amusait certains. Ils se cachaient pour mieux l'observer penché sur sa musique, tantôt agité et fronçant les sourcils, tantôt souriant avec une sorte de ravissement bienheureux. « Voilà tout mon orchestre, leur disait-il, c'est tout ce que je puis entendre » et il leur montrait sa partition avant de se passer une nouvelle fois la main devant les yeux.

À la fin de chaque répétition, c'était à qui l'approcherait pour bavarder avec lui. Chacun se demandait comment, en étant presque sourd, il arrivait à percevoir tant de nuances.

« Ces cors par exemple, dans le *Tuba mirum*, s'exclamait-il, devraient sonner avec plus d'éclat. Je voudrais vous montrer à quel endroit » et il attirait Schächter à l'écart pour lui faire part de ses remarques avec exaltation. Schächter d'abord se laissa faire, pensant tout bas que le son du cor devait être d'autant plus beau pour un sourd qu'il était plus bruyant. Il suivit néanmoins ses recommandations ; le Conseiller à la Cour avait pleinement raison, il s'étonna de la justesse de sa réflexion.

Une autre fois le petit homme félicita chaleureusement les chanteurs à la fin d'une répétition : « Il me semble, leur dit-il, qu'aujourd'hui vous avez été excellents, peut-être faudrait-il pourtant presser le tempo du *Rex tremendae*, certains passages gagneraient à plus de vivacité, du moins voilà ce que je pense, si je peux me permettre de vous faire cette remarque. » Et sans attendre il leur montra comment il entendait que l'on chante ces quelques mesures. Sa voix éraillée était épouvantable, mais l'expression de son visage et de ses lèvres, le mouvement de ses mains leur parurent pourtant si suggestifs qu'ils comprirent parfaitement ce qu'il désirait leur indiquer.

Les répétitions avaient lieu maintenant chaque jour avec des effectifs variés. Schächter avait déjà deux chœurs de dimensions modestes et s'apprêtait à en former deux autres. Il avait sélectionné un groupe de chanteurs que pouvait accompagner un orchestre restreint et s'était efforcé d'adapter la partition en ce sens. Il polissait ainsi, raffinait, revenait sans cesse sur son travail, aussi sévère pour les autres que pour lui-même ; il changeait le tempo par endroits, accentuait telle voix aux dépens d'une autre, fronçant les sourcils ou se renfrognant selon qu'il attendait plus d'allégresse ou quelque nuance, retenant son souffle, pinçant les lèvres, les yeux mi-clos, cependant qu'il essayait d'adoucir encore le chant ou de le rendre plus harmonieux.

« Celui qui vous écoutera, leur disait-il, ignore le plus souvent à quelle justesse on peut atteindre en ne changeant qu'imperceptiblement le tempo, en baissant le ton ou en faisant ressortir tel instrument. Il suffit quelquefois de modifier insensiblement le rythme et la nuance de l'ensemble pour faire d'une prière funèbre un chant de guerre. »

Mais peu à peu, les chanteurs ne voulurent plus l'entendre. « Assez de nuances, lui répondaient-ils, pourquoi n'en venons-nous pas aux dernières répétitions ? » Certains s'exclamaient avec agacement et essayaient de prendre leur cher Conseiller à la Cour comme témoin et arbitre.

Le vieillard cherchait à les apaiser. « Chacun doit parfaitement connaître sa partie, l'avoir dans le sang, alors seulement votre chef d'orchestre commencera à entrevoir la forme définitive à donner à son travail. » Le plus souvent il renchérissait, en profitait pour se lancer dans de fort longues digressions, essayait d'élargir le débat : « L'art n'est pas chose facile, le chef d'orchestre doit être d'une constante vigilance, au point parfois de se sentir plus grand que lui-même. Il doit entendre chaque voix, chaque instrument, les conduire, les diriger à chaque instant, c'est-à-dire se montrer capable d'imprimer à l'ensemble de ses exécutants la conception très personnelle qu'il se fait de l'œuvre qu'ils sont en train d'interpréter. Il doit même faire davantage, comme s'il lui fallait se dédoubler, penser en même temps aux différentes dimensions de l'espace sonore et envisager chacune d'elles isolément, avec précision et assurance. Votre chef est pourtant un auditeur comme les autres, poursuivait-il en gesticulant, et il doit l'être, la musique éveille en lui comme en chacun de vous toutes sortes de souvenirs, d'états d'âme, il y projette même à son insu ses désirs, ses espoirs, ses craintes ou ses joies. Comme lui, chacun de vous, avec quelque expérience, doit pouvoir ressentir l'émotion de tous ceux qui vous écoutent. Attentifs secrètement à votre propre sensibilité et à celle de ceux qui vous entourent, vous essaierez ainsi de comprendre et de deviner ce qui vous lie à tous, ne serait-ce que pour retrouver au plus profond de vous-même l'harmonie, l'unité parfaite de la musique et de vos pensées. Voilà, je crois, ce qui devrait vous inspirer ; la musique éveille, enrichit notre esprit en même temps qu'elle rapproche les hommes dans une communion secrète et intense. »

« Par le ciel ou l'enfer, comme cela est bien dit, s'écria tout à coup Schächter en riant. Quel dommage que je ne sache pas parler aussi bien, mais je ne désespère pas de devenir un jour moi aussi un Conseiller à la Cour. Il a raison sur un point surtout, concéda-t-il avec un air soudain plus grave. Vous ne sauriez croire combien je parle de musique en moi-même derrière mon pupitre, quels souvenirs elle réveille en moi à tout instant, quelles peines elle parvient à apaiser, combien elle m'inspire aussi de courage et de force. La musique a certainement un pouvoir magique. Et si parfois, au cours d'une répétition, elle cesse d'évoquer tous ces sortilèges, je ne peux m'empêcher de songer que quelque chose ne va pas, sépare le chef de ses musiciens ou, comme maintenant, vous éloigne de moi. Je me sens alors obligé de vérifier ma partition, de douter, de chercher pour trouver la cause et je deviens, comme en ce moment par exemple, l'élément le plus faible de vous tous. Tâchez donc de me comprendre, je vous demande de savoir garder toute votre patience. »

Le petit homme n'avait cessé d'observer attentivement Schächter pendant qu'il parlait; il n'avait pu entendre un mot de ce qu'il leur disait, mais dès que le chef d'orchestre s'était tu, il demanda pourtant à prendre la parole.

« Nous avons un nouveau ténor, il nous est tombé du ciel de façon très inexplicable, nous apportant comme à l'improviste une certaine idée de ce que pouvait être l'Italie de Verdi. Sa voix est si évocatrice que vous devez vous appliquer à y retrouver tout ce qui en fait la richesse, la couleur, car il sait chanter, je vous assure, comme on chante là-bas. » Il se tourna soudain vers Roderich, tendit la main dans sa direction : « Mais c'est à lui de savoir s'adapter pourtant à l'ensemble de ses camarades, sans quoi il ne parviendra jamais à chanter correctement avec eux. » Puis, s'adressant à nouveau au chœur tout entier : « Viendra alors la fin de cette longue préparation, votre chef peu à peu aura su vous amener à affronter les dernières résistances, les derniers obstacles, souvent les plus difficiles, que tout artiste doit surmonter presque instinctivement pour donner à son œuvre toute sa perfection. Pour vous, cette force ou cette résistance, qui au dernier moment augmentera encore la puissance d'évocation dramatique de l'œuvre que vous travaillez, qui vous aidera surtout à lui donner soudain une forme définitive, sera le public. »

*

Schächter leur donna alors certaines indications pour la répétition du lendemain : « Demain, nous allons revoir entièrement une fois encore certains passages de la partition pour ténor. La seconde partie du chœur et les solistes viendront donc seuls. C'est la dernière fois que nous répéterons de façon aussi fragmentaire, je vous le promets. À l'avenir, nous répéterons avec l'ensemble au complet. » Les chanteurs ne le crurent pas ; comment pourraient-ils seulement tenir aussi nombreux dans la cave ? Ils vinrent néanmoins comme on le leur avait demandé. Seul Chérubin n'était pas là ; on l'attendit un quart d'heure, une demi-heure, et tout le monde avait la même crainte.

Sans doute n'avait-il pu échapper à Haindl. Le mécanisme que tous savaient inéluctable s'était refermé sur lui : convocation à la *Kommandantur*, chambre de torture dans les caves de l'établissement, un réduit à l'écart dans les casemates de la Petite Forteresse, puis Auschwitz, s'il pouvait tenir jusque-là.

Un profond désespoir s'empara de tous, ils restaient assis, n'osant parler. Cela devait pourtant arriver, chacun l'avait redouté quand il leur avait conté ses mésaventures. Il était impossible qu'il en fût autrement, il devait disparaître aussi soudainement qu'il était apparu parmi eux, comme le messager d'un autre monde étrange, l'Italie peut-être, cette terre de soleil et de musique. Les femmes ne pouvaient oublier son visage d'ange, de voyou des rues comme Raphaël et Murillo en avaient peint, la pureté aussi de sa voix qui les avait tant émues. Mais il ne revenait pas.

Qu'attendait Schächter, se demandèrent certains ? Pourquoi ne commençait-il pas à leur faire répéter la fugue du *Sanctus* comme il en avait l'habitude chaque fois qu'il voulait éloigner quelque pensée déchirante, oublier une place laissée vide, se perdre dans le bruit des voix ? Il n'était pas à son pupitre, mais assis sur un banc légèrement en retrait, se tenant la tête entre les mains. Ils le regardaient, il leur fit signe : non, il ne pouvait pas commencer, cette fois il ne le pouvait pas.

La porte de la cave s'ouvrit alors subitement. Chérubin parut, une terreur de bête traquée décomposait son visage comme la première fois qu'il avait fait irruption parmi eux. « Il m'a eu, leur dit-il d'une voix haletante, je suis convoqué à la *Kommandantur.* »

Mais pourquoi le leur dire ? Ne le savaient-ils pas ? Pourquoi être revenu au lieu de disparaître en silence comme des milliers déjà l'avaient fait derrière les portes de quelque wagon scellé ? Schächter se laissait aller aux reproches et à l'ironie sans espoir que tant de cruauté lui suggérait. Voulait-il leur montrer son corps qui tout à l'heure allait brûler, marqué par le fer rougi, avant de se rompre sous les coups de leurs lourdes matraques ? Désirait-il leur faire entendre une dernière fois cette voix mélodieuse qui tout à l'heure se briserait en cris, en gémissements ? Mais pourquoi était-il revenu, que voulait-il ? Il n'aurait pas dû. Puisqu'il n'était qu'un intrus venu d'un pays lointain, un étranger. Il n'était pas des leurs, comment l'aurait-il pu, il y avait si peu de temps qu'on l'avait amené ici dans son uniforme de la Wehrmacht qu'il ne soupçonnait même pas toutes les souffrances quotidiennes qu'enduraient les Juifs dans ce camp de concentration.

« Je dois me présenter dans une heure, leur dit Chérubin d'une voix tremblante. Je ne connaissais dans ce camp personne que vous, cela m'a été très agréable de vous rencontrer, je crois n'avoir jamais été aussi heureux qu'ici parmi vous. »

Schächter se ressaisit ; il lui fallait effacer tout ce désespoir. « Commençons », s'écria-t-il en s'asseyant à l'harmonium. Chacun obéit machinalement au geste énergique du chef d'orchestre et prit sa place. Chérubin se mêla aux chanteurs.

Qui le premier parviendrait à surmonter la détresse qui les oppressait, les paralysait tous ? Il fallait pourtant qu'ils répètent comme à l'ordinaire. Schächter ne savait que les faire chanter.

« Nous allons reprendre le *Recordare* à la mesure trois cent quatre-vingt-quatre », leur dit-il enfin après s'être concentré un moment. C'était d'abord un duo pour soprano et mezzo-soprano. Sans donner même aux chanteurs le temps de se préparer, il leva la main.

Recordare, Jesu pie. La voix de Bietka commença de façon presque inaudible, la soprano devait la suivre, Marouchka ne parvint cependant pas à reprendre la mélodie, Bietka chantait seule. Elle terminait le premier vers et commençait le suivant, *Quaerens me,* quand la soprano la rejoignit.

Marouchka ne parvenait qu'avec peine à prononcer ces paroles bouleversantes : « En me cherchant vous vous êtes assis de fatigue. » Elle n'arrivait pas à chanter, les sanglots lui serraient la gorge. Bietka s'en aperçut et l'aida de sa voix chaleureuse, essayant de lui apporter la force qui lui manquait. Schächter, que tant d'événements et d'émotion avaient brisé, s'abandonna à son tour, sa tête se courba, ses mains retombèrent, il ne pouvait plus bouger. À ce moment, la voix argentine de Marouchka retrouva toute sa force, tout son éclat, les deux chants se mêlèrent, s'attristèrent en même temps, unissant leur prière avec ferveur : « Toi, Juge rigoureux, accorde-nous ton pardon, nous t'en supplions, avant que ne vienne le jour où nous seront comptées toutes nos fautes. Pardonne à Chérubin ; qu'a-t-il pu connaître si jeune de la vie ? Il n'est resté qu'un moment avec nous dans ce camp et n'a pu soupçonner ce dont les hommes sont capables, aie pitié de lui. »

Schächter ne pouvait plus qu'écouter, il ne pouvait les accompagner ni les diriger, une grande faiblesse l'envahit.

Mais la répétition devait pourtant avoir lieu. Et il posa les doigts sur les touches de l'harmonium, plaqua un accord profond et prolongé au moment où la prière plaintive des deux jeunes filles s'achevait.

C'était maintenant l'entrée du ténor. Entendrait-il sa voix ? Il n'osait y croire. Schächter parut hésiter un moment, puis, sans le regarder, fit un geste incertain de la main. Faible encore, frémissante, la voix du garçon lui répondit : *Ingemisco tamquam reus*, Chérubin se lamentait : « Je gémis comme un coupable, mon Dieu, la faute fait rougir mon visage, pardonnez à celui qui vous implore... »

« Aucun Juif ne saurait chanter comme cela, pensa Schächter. Aucun ne saurait se repentir aussi profondément, trouver un tel réconfort dans son désespoir même. Seul un catholique très croyant sait chanter avec une telle ferveur. »

Et Chérubin priait, suppliait passionnément, son acte de foi était bouleversant : « Donnez-moi une place parmi vos brebis, séparez-moi des boucs en me plaçant à votre droite. » Le vers se répéta, la mélodie recommença, le chant s'éleva à une sorte d'extase poignante. Schächter l'écoutait avec respect, s'appliquant du mieux qu'il le pouvait à accompagner ce ténor qu'il allait perdre, cette voix extraordinaire qu'il n'entendrait jamais plus.

*

Tremens factus. C'était le seul passage dont Schächter n'avait jamais fait répéter la partie de solo avec l'orchestre. Il l'avait évité jusqu'alors, n'étudiant dans le détail que l'accompagnement d'orchestre, comme si dans la répétition ondoyante de ces quelques vers le *Requiem* atteignait à une expression trop intense. « Je réserve ce solo pour la générale », avait-il l'habitude de répéter comme pour cacher son embarras. Cette insistance n'avait cependant convaincu personne. « Il nous cache quelque chose », pensait-on, la plupart croyaient que cela se rapportait à Marouchka, personne n'essaya d'en savoir davantage, de nombreux autres sujets d'inquiétude occupaient leurs esprits.

Les convois avaient en effet cessé subitement, la vie dans le ghetto s'était empreinte à nouveau de quelque espoir. De jour en jour, le chœur et l'orchestre s'agrandissaient.

Schächter redoutait qu'un convoi ne lui prenne beaucoup de musiciens, aussi s'était-il depuis quelque temps constitué une grande réserve de chanteurs. Tous restaient maintenant, personne ne partait plus, il avait plus d'artistes qu'il ne lui en fallait. Avec un tel chœur, la musique prenait une autre dimension que précédemment, il allait devoir s'habituer à diriger un nouvel ensemble vraiment imposant. Les répétitions n'avaient plus lieu dans la cave, mais dans l'une des vastes salles réservées jusqu'alors à la formation des convois et que la *Kommandantur* venait de libérer. Le ghetto avait enfin obtenu une salle de concert.

Vint donc finalement le jour si longtemps attendu de la répétition générale. Tous étaient venus, les exécutants et leurs remplaçants, les solistes, les musiciens, Rosenfeld, le ténor maigre et pâle, enfin guéri ; la nouvelle basse, un autre Charles, dernière découverte de Schächter depuis que Méphistophélès, frappé d'une grave extinction de voix à cause de la fumée de ses cheminées, ne pouvait plus chanter. Ce nom prédestiné lui avait valu d'être surnommé par ses camarades le « Père de la Patrie » ou « Charles le Quatrième » comme l'empereur. Bietka venait d'arriver, seule Marouchka n'était pas encore là, le chef d'orchestre ne pouvait plus l'attendre, il rassembla donc tout le monde autour de lui.

« Je voudrais, avant que nous ne commencions, vous parler du sort tragique de l'une d'entre nous, annonça-t-il sans préambule. Cela se passait à Munich pendant l'année 1933, et elle n'avait que quinze ans. Ils tuèrent son père et sa mère sous ses yeux, elle se jeta sur eux, se débattit pour les défendre de ses bras nus, ils les lui brisèrent. Seule, elle put alors rejoindre son frère aîné à Vienne. Cinq ans plus tard, ils emmenèrent ce dernier et le tuèrent, elle ne se défendit pas mais se mit à hurler cette fois jusqu'à ce qu'ils l'obligent à se taire. Elle réussit à s'enfuir avec son amoureux à Prague ; en 1941, ils assassinèrent celui-ci, elle ne put alors crier, les regarda seulement, muette, les yeux agrandis par l'effroi.

« Le vers *Tremens factus* est l'un des plus bouleversants de tout le *Requiem*, poursuivit-il après un instant de silence. L'idée qui y est exprimée est pourtant simple, il ne s'agit que de la peur, de l'effroi. La créature humaine qu'ils viennent de briser se confesse publiquement. Toute confession publique est émouvante ; se découvrir, se dévoiler tel que l'on est devant des étrangers, dénuder les secrets les plus profonds de son âme ou confesser ses crimes paraît douloureux; confesser sa faiblesse, trembler de peur et de crainte l'est plus encore. C'est ainsi que l'esprit humain s'abandonne et se livre à la cruauté.

« J'ai entendu Marouchka chanter ces paroles. Elle doit les répéter quatre fois dans le final, les murmurant seulement la dernière dans un récitatif profond. Sans doute lui semble-t-il revivre les horreurs de Munich, de Vienne et de Prague. Il lui faut aujourd'hui dans ces vers confesser publiquement sa faiblesse et sa peur. Ni le texte ni le chœur ne peuvent l'aider, seul un violoncelle retrouve par moments le dessin mélodique de son chant qui se développe seul, abandonné.

« Jamais elle n'a répété ce passage, cela ne m'a pas semblé nécessaire et vous verrez pourquoi tout à l'heure. Attendons maintenant Marouchka, continua Schächter d'un air embarrassé; elle sera là d'un moment à l'autre. »

Il sembla hésiter un instant. « J'ai encore deux nouvelles à vous annoncer, reprit-il, la première est triste : ce matin notre Conseiller à la Cour est mort. J'allais chercher quelques feuilles de musique dans notre ancienne salle de répétition quand je l'ai trouvé étendu, le visage calme, il souriait encore. Sur le sol à côté de lui traînait une partition. En ce moment même ils le conduisent au four crématoire. Marouchka est allée lui faire ses adieux. »

Ils l'entouraient, certains baissaient la tête. Leur chef voulut éloigner toute cette tristesse, il leva alors les mains et leur annonça solennellement sa seconde nouvelle : « Samedi aura lieu la première du *Requiem* de Verdi. »

*

Les premières longues phrases mélodiques du *Requiem* commencèrent pianissimo à l'harmonium avec un thème d'une extrême délicatesse. Le violoncelle reprit cette partie, Schächter fit signe à l'instrumentiste d'adoucir encore son jeu. « Plus bas, plus bas, je vous en prie, semblait-il lui dire, plus mystérieux. » Le motif lui paraissait étrange. Il croyait l'entendre pour la première fois. Dès les premières notes, quelque chose de magique lui avait semblé changer imperceptiblement l'arabesque musicale.

Comme à son insu, il se souvenait de la voix du mendiant sourd qu'il avait rencontré dans une cour des cuisines de Terezin. « Monsieur veut-il de la soupe ? »

Non, Monsieur n'en désirait pas... Quelqu'un riait.

Il lui fallait tout de suite chasser cette image, car il ne suffisait plus d'entendre la musique. Il voulait se concentrer davantage : l'entrée du chœur approchait. La mélodie plaintive des cordes sous l'archet évoquait déjà d'autres figures dans sa mémoire : « Ce sera bientôt le tour des autres, murmura la même voix, entends-tu déjà, Raphaël, l'écho de leurs pas traînants et fatigués ? »

Requiem aeternam dona eis, Domine, chantait le chœur doucement. Schächter se mit à prier tout bas : « Seigneur, donnez la paix et le repos à tous ceux qui nous ont quittés, accordez-leur la force et la volonté d'aller jusqu'au bout de leur lointain voyage, ne les abandonnez pas, ne les privez jamais d'espoir. »

Il prenait part à cette première comme dans un rêve fiévreux, agité. Chaque note, chaque cadence lui rappelaient quelque chose, chaque voix ravivait un souvenir. Il ne parvenait pas à retrouver le nombre des chanteurs qu'il avait fait répéter tant de fois, note par note, syllabe après syllabe. Tous étaient aujourd'hui réunis devant lui dans cet immense chœur, même ceux qui depuis longtemps n'étaient plus là ; ils travaillaient une dernière fois à cette œuvre commune qui leur avait donné tant de mal.

Un roulement de batterie retentit. Le *Dies irae* qui marquait le premier changement important dans la tonalité générale allait commencer. Il se prit à songer à tous les bouleversements dont il avait été le témoin avant d'arriver aujourd'hui au terme de son travail. Combien de fois les places étaient-elles restées vides au long des bancs comme des plaies béantes ; combien de fois en avaient-ils arraché quelqu'un avec leur sauvagerie, leur cruauté insupportables ?

Jamais une œuvre ne lui avait demandé autant de sacrifices. Maintenant ses camarades jouaient, chantaient, combien de fois pourtant avaient-ils recommencé depuis le début, tombant de fatigue ? Il se sentit fier soudain devant tout le camp de n'avoir jamais renoncé, d'avoir persévéré en dépit de toutes les difficultés rencontrées. Comme ses musiciens, il ne demandait qu'à pouvoir vivre assez longtemps pour voir enfin leurs bourreaux maudits rendre des comptes. Leurs crimes étaient dans toutes les mémoires, un jour viendrait où ils devraient enfin comparaître devant le tribunal suprême de l'humanité.

Confutatis maledictis, flammis acribus addictis, la voix grave s'approfondit encore, redoutable, puis le thème musical se déchira, s'adoucit en une plainte, une lamentation de repentir. Le condamné suppliait en vain, ses exhortations étaient couvertes par le déchaînement des voix qui envahissait toute la salle. Le chef d'orchestre, surpris par cet emportement, voulut les apaiser, les calmer peu à peu, et il les retint, les fit taire insensiblement. On n'entendit plus que l'écho lointain des violons.

De nouveau maître de lui, Schächter debout, immobile, leur imposa le silence. La musique durait encore en eux. Personne dans la salle n'osait bouger, chacun attendait, se concentrait profondément. Ce devait être le *Lacrymosa.*

Bietka se mit à chanter. Schächter n'avait rien eu à lui indiquer, c'est à peine s'il la dirigeait ; elle avait appris ce *Lacrymosa* sans lui ; la vie dans le ghetto, tant de souffrances, tant de tristesse quotidienne depuis longtemps l'y avaient aidée. Elle clamait maintenant son angoisse, oubliait son courage, se plaignait.

« Pleure, oui pleure, retrouve dans les larmes ces forces qui te fuient, toi qui t'es dévouée pour tous si généreusement. » Schächter la regardait avec émotion.

Un long accord terminait cette première partie du *Requiem.* Les solistes entonnèrent l'*Offertoire,* le chef d'orchestre fit signe à ses musiciens, les instruments se mêlèrent, unirent leurs voix en une symphonie saisissante. Les auditeurs apprécieraient cette musique, il n'en doutait plus, mais la comprendraient-ils, devineraient-ils ce qu'il voulait leur dire ? L'œuvre seule devait le leur faire comprendre.

« Écoutez-moi, vous, tous les prisonniers de ce camp de concentration, la fin de la guerre est proche, le chemin de croix de la race d'Abraham va prendre fin, nous n'aurons bientôt plus à marcher dans les ténèbres de l'incertitude, je vois déjà poindre le jour de notre liberté. » Et il interprétait chaque parole en ce sens.

« *Libera me.* Écoutez ce que le chœur est en train de chanter, comprenez-vous qu'il s'agit de votre liberté, de notre liberté ? » L'inquiétude l'oppressait.

Car comment les prisonniers allaient-ils répondre, comment réagiraient-ils ? Il ne s'était pas battu dans ce camp avec autant d'acharnement et d'opiniâtreté pour un succès qui n'aurait aucune valeur et ne ferait que souligner sa défaite. Il ne souhaitait surtout aucun applaudissement aveugle, son auditoire ne devait lui témoigner la profondeur de son émotion que par le silence, un silence recueilli avant une tempête d'applaudissements.

Mais le comprendrait-il ?

La musique s'éleva, c'était le dernier crescendo avant le choral et la fugue finale. Quelques mesures encore, Raphaël à ce moment pressentit la façon dont les prisonniers allaient enfin lui répondre. Déjà la voix cristalline de Marouchka répétait les syllabes tant attendues : *Libera me...* Puis une autre fois encore de façon presque inaudible, comme un écho perdu à une distance infinie : *Libera me.*

*

Dans la salle, ce fut soudain le silence. Schächter frissonna. Une grande faiblesse l'envahit, un voile brouilla sa vue. Cela ne dura heureusement pas, il se ressaisit, son attention s'éveilla, il resta longuement immobile. Le silence n'en finissait pas. Était-ce bien un succès, une victoire enfin ? Ces secondes d'extrême attente paraissaient interminables, il essaya de sourire à ses musiciens.

La représentation n'était-elle pas terminée ? Il aurait voulu se retourner, regarder la salle alentour, supplier les gens de faire au moins quelque chose, de grâce, pourquoi n'applaudissaient-ils même pas ? Personne ne bougeait, personne ne partait ; pourquoi ce silence sans fin ?

Cependant la salle reprenait lentement conscience d'elle-même, comme au sortir d'un songe. Certains bougèrent, bientôt d'autres se retournèrent, étonnés et surpris, regardant autour d'eux les yeux pleins de larmes. Les artistes se levèrent, leur chef d'orchestre très raide fit face à son public. Tout à coup, des applaudissements, des éclats de voix fusèrent de toutes parts. Le bruit s'amplifiait, rien ne semblait plus pouvoir l'arrêter.

Schächter regardait la salle, debout, très droit et sans s'incliner. « Un prisonnier dans un camp de concentration ne doit s'incliner devant personne », se répéta-t-il. L'écho de son immense succès n'en finissait pas, il se tourna vers ses interprètes qui le regardaient avec joie, souriants. Il ne parvenait pourtant pas à se détendre, cette réponse tant attendue ne le satisfaisait pas, ce n'était pas cette réaction qu'il avait désirée, car ils n'avaient pas compris le final, il en était sûr maintenant, cette partie décisive de toute l'œuvre.

Cette certitude l'oppressait. La Liberté, la Liberté. Le *Requiem* s'était achevé sur ces paroles extrêmes, incisives. Aucun prisonnier ne les avait accueillies comme il l'aurait voulu, avec des cris. Elles ne les avaient pas transportés d'allégresse, enflammés comme l'éclair. Ils étaient revenus à la vie comme d'un étourdissement collectif, d'un évanouissement qui le stupéfiait.

Une sorte de dégoût l'envahit. Pour s'en défendre, il préféra s'accuser, s'accabler. Il avait tout abîmé, lui seul était coupable d'avoir défiguré cette musique dans ses dernières mesures, les plus importantes. Lui seul et personne d'autre. Il était l'élément le plus faible de tous, le moins capable, le plus ambitieux surtout. Car il avait attendu ce succès après avoir souhaité le silence, le silence le plus long possible. Ses auditeurs, en réalité, avaient répondu à tout ce qu'il avait si longtemps désiré.

La grande idée qu'il s'était faite de son rôle et de son talent d'artiste le fuyait au moment où il croyait l'atteindre. Il se reprocha d'avoir recherché un triomphe, ici, dans un camp de concentration, et cette pensée le désespéra plus encore.

Les applaudissements dans la salle n'avaient rien perdu de leur insistance. De toute façon, cette véritable ovation ne le concernait plus ; au contraire, il accusait tous ces gens d'être restés trop longtemps silencieux.

L'œuvre de Verdi était pourtant magnifique. Il se rappelait avec quel brio le compositeur avait orchestré la prière pour les morts. Cependant que les dernières notes du *Requiem* retombaient dans le silence, il lui avait semblé qu'eux tous aussi, comme les morts, seraient enfin délivrés de leurs tourments et de leurs souffrances, qu'ils retrouveraient enfin leur liberté dans l'éternité. C'était pour cette raison que, dans le final, Verdi avait confié le récitatif à la soprano, pour cette raison seule qu'un long diminuendo dans la partition effaçait peu à peu les dernières mesures, de piano en pianissimo, cependant qu'elles mouraient doucement et s'ouvraient à l'éternité. Verdi avait ainsi amené son auditoire à la plus profonde méditation.

Schächter ne l'avait peut-être pas compris, il se reprocha d'avoir voulu bouleverser ces pauvres prisonniers en leur faisant croire à une promesse de délivrance, puis dans les dernières mesures essentielles de l'œuvre d'avoir brouillé même cette vision d'espoir, cette attente.

Tous ses efforts lui parurent vains, car ils l'avaient écouté avec attention et avaient très bien deviné le sens de cette musique, lui seul n'avait pas su approfondir ces pages admirables jusqu'au bout.

La salle s'agitait encore. Le chef d'orchestre comprit ce qu'il lui fallait faire. « Je changerai ce final, je le dois, se dit-il, et il implora le compositeur de lui pardonner ce manque de respect. Si vous aviez été enfermé dans un camp de concentration comme nous, vous auriez certainement composé votre final différemment, sans doute excuserez-vous ce que je vais faire. Je supprimerai le dernier récitatif du chœur, ajouta-t-il, le *Libera me* qui le précède restera en tant que solo; il ne sera plus chanté d'une voix calme, mais presque avec défi, d'une voix exigeante, avant que tout le chœur ne réponde en fortissimo. Les dernières mesures s'achèveront sur un large accord. Tout l'orchestre accompagnera ce chant, la batterie surtout, trois coups brefs, un coup long, des coups presque agressifs souligneront chaque syllabe : *Li-be-ra-me.* La liberté ne s'est jamais acquise sans combat. Les prisonniers comprendront certainement ainsi le sens que je veux donner à ce final, je vais donc le refaire dans ce sens, nous le répéterons dès maintenant. »

Il se tourna alors vers ses musiciens et leur demanda de ne pas partir. Le travail allait continuer. Soudain rendu heureux par le vacarme qui ne cessait pas dans la salle, il descendit de son estrade et se fraya un chemin à travers les bras tendus de tous ses amis qui l'applaudissaient.

« Soyez raisonnables, je vous en prie, leur dit-il, rentrez maintenant chez vous, notre première représentation est terminée, il nous faut encore répéter. »

*

Le quartier résidentiel réservé aux S. S. se trouvait à côté d'un petit parc orné d'un pavillon gracieux et de statuettes ravissantes. Les puissants remparts de la ville fortifiée semblaient l'isoler du reste du monde. Un mur élevé, une rangée de façades grises depuis longtemps désertes le séparaient du ghetto. C'était là, dans leur *Kameradschaftsheim,* que les S. S. les plus valeureux célébraient leurs victoires, essayaient d'oublier leurs défaites à force de beuveries ou organisaient toutes sortes de soirées culturelles en l'honneur des jeunes filles de Litomerice.

Le commandant du camp y recevait ses visiteurs de marque, on aimait se retrouver, revenir, ne serait-ce que pour un moment, dans ces lieux soigneusement protégés, où l'on pouvait respirer en paix, sans craindre d'avoir à se précipiter vers les abris en cas d'alerte ou de raid aérien. C'était vraiment « une oasis de calme et de sérénité » comme le répétait le fameux Moese chaque fois qu'il revenait de Berlin.

« Tout ici est bien entendu réservé aux invités », ajoutait le commandant du camp que ces visites rendaient très inquiet. Dangereuses, très dangereuses, elles éveillaient en effet chaque fois en son esprit quelque nouvelle angoisse, sans parler de la peine et des tracas de toutes sortes qu'elles lui causaient. Il se devait de bien recevoir ses hôtes, cela faisait partie des responsabilités reconnues de sa charge. Quels qu'ils fussent, ses supérieurs ne se montraient jamais pressés de lui confier l'objet de leur visite. N'était-ce pas un secret militaire ? « À toi, mon ami, se répétait-il, de savoir deviner ce qu'ils veulent, d'être prêt à tout, mais surtout de satisfaire tout le monde en ne choquant personne. »

Le programme n'en était pas moins prévu généralement à l'avance. Demain, par exemple, dès dix heures, arrivée et accueil; comme ils l'avaient écrit, ils viendraient de Prague et de Berlin, leur nombre même était précisé, mais qui viendrait et avec qui, qui serait à la tête de cette délégation, cela n'avait aucune importance pour le commandant du camp, il ne l'apprendrait naturellement que quand ils seraient là.

Plus loin : de dix heures trente à onze heures trente, rassemblement et revue solennelle de la garnison. Mais que devait-on célébrer, Dieu seul le savait une fois encore; il y avait si longtemps que l'on n'avait rien commémoré à Terezin, pourquoi venir précisément ici pour ces solennités ? Ils n'oubliaient jamais de souligner le lunch, le thé et le dîner prévus au programme, bien entendu. Que leur servir, que désireraient-ils manger et boire, comment se le procurer, le payer ; cela le tourmentait d'autant plus que personne n'aurait voulu s'occuper de tout cela à sa place. « S'ils veulent dîner à neuf heures et ne parlent pas de partir, il me faudra prendre sur moi, encore une fois, de leur improviser quelque divertissement » se disait-il.

Cette pensée l'oppressait : « Si c'est Günther qui accompagne les invités, il me faudra me procurer des filles, du vin et de l'eau-de-vie ; si c'est Moese, des filles et du vin suffiront, il ne supporte pas l'alcool fort. Mais ce pourrait aussi bien être Eichmann lui-même. Dans la meilleure société, parmi ses supérieurs, il a la réputation d'être bon vivant, gai, toujours prêt à rire et à plaisanter ; en revanche, dès qu'il se trouve entouré de subalternes, il ne se laisse aller à aucun écart, pas un mot, pas un rire qui ne soient retenus. Si c'est Eichmann, se dit-il, il ne supportera pas en notre compagnie les filles et l'eau-de-vie ; le vin suffira. Je ne pourrai malheureusement le savoir qu'au moment où les visiteurs descendront de voiture. »

Une visite du ghetto figurait toujours au programme, c'était une habitude qui ne posait aucun problème. Le commandant du camp pouvait conduire ses invités où il le désirait, cela ne dépendait que de sa compétence et personne ne mettait jamais en doute ses initiatives.

Innovation incompréhensible, le concert prévu par ces Juifs le tourmentait. On n'avait encore jamais vu cela. Sans doute Moese, qui à Berlin ne devait plus assister à beaucoup de manifestations artistiques, avait-il conçu cet intermède. Il ne savait plus qu'inventer. Mais pourquoi s'en inquiéterait-il ? Les projets de ses supérieurs restaient tellement impénétrables. Il n'était jamais qu'un exécutant.

Vous désirez que la représentation ait lieu à dix-neuf heures trente, très bien, vous l'aurez. Faites les choses pour le mieux, commandant du camp. Rien au fond n'était plus facile, ce n'était qu'un jeu d'enfant. Il importait surtout de trouver une salle convenable et il aurait assez de toute la journée qui lui restait pour s'en occuper.

Il se rappela qu'il y avait autrefois à Terezin, une belle salle de concert, spacieuse et agréable. Il suffirait de la remettre en état. Après avoir fait évacuer les malades qui s'y trouvaient en les casant n'importe où sous les toits, où personne ne pourrait les voir, car qui irait les chercher là-haut ? Il ferait soigneusement nettoyer les bâtiments et bien astiquer la salle, après l'avoir complètement aérée. On rétablirait la scène, le rideau et la rampe, on remettrait en place les fauteuils dans l'auditorium ; trente vraisemblablement suffiraient, quatre formant le premier rang, les autres se trouvant placés en éventail derrière. « Tout sera en ordre, se dit-il. Bien entendu, je me garderai d'expliquer au doyen des Juifs pourquoi on prépare ainsi les bâtiments de l'hôpital. C'est un secret militaire, il aura tout le temps de l'apprendre. » Il se promit pourtant de déterminer avec lui dès le lendemain le programme exact de cette soirée. De toute façon, il lui restait assez de temps. Il calcula : la représentation commencerait à sept heures et demie, à neuf heures dîner ; quelques dizaines de minutes suffiraient pour le trajet, le rapport et le cérémonial d'usage, même en tenant compte du brin de toilette qu'ils ne manqueraient pas de faire avant de passer à table... La durée de cette représentation devra donc être d'environ une heure.

*

L'opération militaire S. S. à l'ordre du jour était de faire évacuer rapidement l'hôpital du camp.

Armés de matraques et de pistolets, ils pénétrèrent dans le ghetto. À travers les rues se répercutèrent bientôt leurs cris agressifs et belliqueux : *Bewegung ! Bewegung !*

Le commandant du camp avait tenu à diriger lui-même et sur place cette opération, dans les premiers rangs. Il avait engagé dans le feu de l'action la totalité de son parc automobile : trois tracteurs avec leurs douze remorques, deux camions, les seize chariots et voitures de la ferme, quatre tombereaux à fumier, quarante-huit corbillards juifs et d'innombrables charrettes à deux roues ou petites carrioles d'infirmes. Il n'avait gardé en réserve qu'un gros camion pour transporter les caisses pleines de cadavres jusqu'au four crématoire. On le tenait prêt à partir à tout moment.

On s'aperçut rapidement que tous ces véhicules ne suffiraient pas. « Portez les malades », ordonna le commandant en chef.

Le ghetto était en effervescence. Une foule de gens épouvantés courait en tous sens par les rues. Chacun avait en effet quelqu'un de sa famille ou de ses proches à l'hôpital : père, femme, enfant, ne serait-ce qu'un ami. Les malades gisaient là, abandonnés n'importe où dans les salles, dans les chambres, dans les couloirs, jusque dans les escaliers, par centaines. On se débarrassait d'eux en les jetant à la rue pour les transporter ailleurs, quelque part, on ne savait où. Ce ne fut bientôt plus devant l'hôpital qu'une vision d'enfer. Parmi les cris, les plaintes et les coups, claquait parfois la décharge sèche d'un fusil.

« Faites attention, vous allez le tuer, il doit rester allongé. Doucement, je vous en prie, je vous en supplie. » *Bewegung ! Bewegung !*

« Mais où les emmenez-vous ? Qu'allez-vous en faire ? » *Bewegung ! Bewegung !*

Les portes des maisons étaient interdites, les rues barrées, seul un passage resté ouvert conduisait jusqu'aux combles des casernes de Terezin.

Ces combles étaient immenses. Une lourde charpente de poutres supportait le haut de la toiture et partageait le sol de briques en un vaste dédale de greniers obscurs. Une poutre énorme gisait à même le sol pour marquer leur limite extrême ; elle était si grosse qu'aucun malade n'aurait pu l'enjamber, ni même la franchir en rampant.

Pas d'eau, pas de lumière, un air irrespirable, tout manquait ici. On avait rigoureusement interdit d'apporter quoi que ce fût d'inflammable, ni paillasse, ni couverture, ni oreiller.

De loin en loin d'étroites fenêtres laissaient filtrer une lumière blafarde par les fentes de leurs ouvertures. Elles ne suffisaient pas à éclairer les greniers, ni à assurer le renouvellement de l'air. Certains déjà se sentaient attirés vers elles, espérant les enjamber d'un pas, passer au travers et se jeter dans le vide.

Car comment appeler, se faire entendre ? Aucun médecin n'aurait pu venir jusqu'ici. Et l'on reconnaissait les morts à leur puanteur, là un vieillard, ici un enfant.

L'opération militaire était maintenant terminée. « Personne n'ira les chercher jusque-là », se dit le commandant du camp avec satisfaction. Il avait suffi de deux heures vingt minutes exactement pour vider complètement l'hôpital. Il put donner l'ordre de le transformer en théâtre.

*

« C'est un ordre. » La voix calme et prudente du doyen des Juifs hésita un instant. « Ou plutôt qu'un ordre, un souhait que l'on voudrait nous faire comprendre. Le commandant en effet ne verrait aucune objection et aimerait que... » Il s'interrompit. Schächter écoutait. « L'état-major S. S. de Terezin ne viendra pas seul à notre représentation, des invités de marque seront là et on me fait savoir qu'il leur serait agréable d'assister à ce concert unique donné par des artistes juifs. »

Le doyen était habitué à recevoir des ordres beaucoup plus sévères que celui d'aujourd'hui. Il le pressentait cependant, cela ne serait pas facile. « On ne peut connaître le sens de la dignité ou des convenances qu'ont certaines gens, se disait-il, que quand on sait comment ils refuseront une proposition déplacée avant de l'accepter. Les artistes sont entêtés; ils ont un goût prononcé pour la comédie ou le cabotinage. » Mais tout cela n'avait que bien peu d'intérêt. Il était persuadé depuis le début, comme Schächter, que l'on n'allait pas mettre en danger des vies humaines pour une représentation. Il ne s'agissait pour l'instant que de la façon dont ils allaient réagir.

Le doyen des Juifs était un homme patient, il comprenait et aimait l'art sincèrement, c'est peut-être pourquoi il ne souhaitait pas que ce chef d'orchestre tchèque capitulât et acceptât tout de suite et joyeusement semblable proposition ou, ce qui serait pire, qu'il pût en attendre à la fin un succès ou quelque distinction personnelle.

Certes, c'était un grand honneur pour tous les Juifs que ces messieurs de la S. S. eussent désiré venir les écouter, on lui avait même rapporté que plusieurs dirigeants du haut commandement de Prague accompagneraient Günther, que plusieurs responsables du haut état-major se déplaceraient jusqu'ici de Berlin; Eichmann lui-même viendrait peut-être.

Schächter gardait le silence. Son front se plissait, ses lèvres restaient serrées cependant que ses yeux laissaient par instants percevoir l'éclat d'une tension extrême, dangereuse. « C'est donc pour cela qu'ils ont jeté dehors des centaines de malades, pour cela tant de souffrances, simplement parce qu'ils désirent avoir un théâtre pour cette unique représentation. Sans doute ces messieurs ont-ils tenu à se déplacer de Berlin pour nous entendre, quel honneur pour le ghetto, n'est-ce pas, nous ne saurions nous acquitter du prix inestimable d'une telle dette. Maintenant que la salle est prête au prix du sang versé, ne peuvent-ils s'abstenir de venir demander avec tant d'hypocrisie : désirez-vous jouer, ne préférez-vous pas vous abstenir ? »

La décision à prendre était difficile. Il sentit qu'il lui fallait d'abord contenir sa colère, redevenir maître de lui-même, avant de répondre. Des vies humaines étaient en jeu. Une fois de plus il s'agissait de vie ou de mort, comme toujours quand un Juif se trouvait en face d'un S. S. Mais aussi de son honneur d'artiste, ce quelque chose qui rendait sa vie si différente. L'honneur de l'artiste, une expression si galvaudée qu'il lui semblait impossible de la prononcer, personne n'aurait pu la comprendre. « Nous aurions pu jouer *Carmen* si cela avait été nécessaire, ne serait-ce que pour un peu de pain, quelques morceaux de margarine à donner à nos enfants qui depuis si longtemps ne mangent plus à leur faim ; *Carmen*, certainement, devant l'auditoire que vous voudrez et même des S. S., se disait-il, mais le *Requiem*, comment le pourrions-nous ? »

Le doyen des Juifs attendait patiemment. Il pensait que les choses seraient plus difficiles qu'il ne l'avait prévu. La simplicité, la spontanéité, l'honnêteté presque enfantine de son ami le chef d'orchestre en étaient peut-être les véritables raisons. Son caractère lui ferait accepter comme un enfant ou l'entraînerait-il au contraire à préférer jouer quelque comédie avant de répondre, comme il en avait l'habitude ?

« Je me souviens, dit soudain Schächter, et sa voix calme sembla s'éclairer en songeant à ce qui l'amusait, que quand j'étais soldat nous avions un général fou et sadique. Il nous faisait courir comme des chiens jusqu'à épuisement, nous obligeait à nous battre dans la boue, puis, quand nous n'en pouvions plus, il nous faisait relever et nous ordonnait de marcher et de chanter à tue-tête. Nous essayâmes bien de nous révolter, pauvres fous, et cela se termina mal. Et c'est pourquoi nous chantions. Un ordre est un ordre, n'est-ce pas ? Mais quel chant ! Le plus moderne des compositeurs n'aurait pas pu imaginer de telles dissonances. On ne pouvait tout de même pas nous demander d'avoir de l'oreille ; ils désiraient que nous chantions ? Très bien, nous ne discutions pas, mais de quelle façon ! Voilà qu'il était enfin question de notre honneur d'artistes.

– Je n'ai aucune instruction à ce sujet, répliqua gravement le doyen des Juifs. Je me suis seulement engagé à ce que vous chantiez. Comment ? Croyez bien qu'il ne s'agit pas aujourd'hui seulement de votre honneur d'artiste. Car si vous êtes ici chacun responsable de vous-même, vous l'êtes aussi de tous les autres, vous l'êtes surtout de tout ce que ces messieurs les S. S. feront à vos camarades et à leurs familles.

– Mais quand devons-nous chanter ? demanda Schächter.

– Aujourd'hui, ce soir.

– Nous ne pourrons même pas répéter. Ce sera comme il vous plaira, mais à une condition.

– Je vous en prie, laquelle ? interrogea le doyen.

– Que nous ne soyons pas obligés de les saluer, ni moi ni les autres.

– Je veux bien », répondit-il.

Et ils se serrèrent la main.

*

« Ce jour doit être inscrit en lettres d'or dans les annales de la garnison S. S. de Terezin », avait dit le commandant du camp dans sa réponse au discours d'Eichmann, et il s'était exprimé avec la plus grande conviction. Ce devait être en effet une journée bien agréable. Dès le matin, il avait ressenti un grand soulagement en voyant Eichmann descendre de voiture. Les instants qui suivirent ne firent que confirmer sa première impression. La revue solennelle était terminée et personne ne savait encore ce que l'on devait commémorer. Ne s'agissait-il que d'une remise de décorations ? Dans la situation délicate où l'on se trouvait aujourd'hui, alors qu'aucune distinction n'avait été décernée à la Wehrmacht depuis longtemps déjà, cela paraissait extraordinaire. Eichmann le rappela dans son discours de façon spirituelle, ironique : « Nous ne saurions attribuer des décorations avec légèreté dans les circonstances présentes ; elles ne le seront qu'à bon droit. Les mérites des statistiques S. S. en sont le meilleur témoignage. Nous n'avons pas eu besoin d'une grande réflexion pour nous apercevoir du réel succès avec lequel ont été atteints les objectifs militaires prévus ; les chiffres et les courbes qui le prouvent sont absolument convaincants. » Décorations, médailles et croix KVK, KVK II et même KVK I furent donc distribuées pour mérite militaire. Günther et le commandant du camp furent les seuls de la compagnie à recevoir des mains d'Eichmann la *Kriegsverdienstkreuz* avec épée.

C'était sur ordre de Himmler, leur dit-il, qu'il les distinguait ainsi à Terezin, un secteur important du combat mené par les S. S., pour que tout le monde pût se rendre compte du sens exemplaire de l'action qu'ils avaient su mener à bien sur le territoire du Protectorat de Bohême et Moravie.

« Eichmann est un excellent orateur, c'est vraiment une joie de l'entendre », se dit le commandant du camp quand le dignitaire s'approcha pour épingler la KVK II avec épée sur sa tunique. Il n'avait pas reçu de distinction depuis deux ans déjà. « Il a raison, poursuivait-il en se félicitant, on ne peut pas récompenser aujourd'hui le moindre service de guerre avec une croix, il faut savoir absolument la mériter. » Tout le monde se réjouissait, se louait de ce que les autorités eussent bien voulu choisir cette période d'efforts et de sacrifices quotidiens pour se souvenir de leur courage ; on se répétait combien Eichmann savait être aimable, amical et comme transformé, sans que son plaisir diminuât quand il se trouvait parmi des subordonnés.

« Chaque fois qu'une compagnie de S. S. s'apprête à déjeuner, dit-il en plaisantant à la ronde pendant que l'on se mettait à table, je suis d'avis que l'on fasse une trêve au règlement. » Et il invita le commandant du camp à venir prendre place parmi ses supérieurs.

Celui-ci ressentit un plaisir extrême à se trouver ainsi en tête de table, entre Eichmann et Moese ; il s'empressa donc de donner les ordres nécessaires pour que l'on apporte du champagne, afin de célébrer le mieux du monde cette glorieuse journée.

Moese s'était retourné vers lui :

« Comment comptez-vous achever ces festivités, mon cher confrère ? Que doivent nous jouer ces artistes juifs dont vous m'avez parlé ?

– Le *Requiem* de Verdi, répondit le commandant comme s'il avait été interrogé par un professeur.

– Je vous demande pardon, s'enquit brusquement Eichmann en marquant son étonnement, les Juifs chanteraient ce *Requiem* à Terezin ? »

La compagnie entière des S. S., que cette remarque avait glacée, observa le plus profond silence, chacun regardait Eichmann avec la plus grande attention. Il se trémoussait, essayant vainement de garder son sérieux, sans cacher son extrême surprise : ces Juifs si fins, si rusés, s'apprêteraient donc à chanter le *Requiem*. Pauvres, pauvres fous, s'ils avaient eu le moindre soupçon de ce qui les attendait, ils n'auraient certainement pas pensé à cela. Eichmann ne put se contenir plus longtemps, le rire qu'il avait retenu avec tant de difficulté déformait maintenant son visage en une grimace spasmodique, déchirait sa gorge dans un cri de gaieté convulsive.

Ses compagnons de table se regardèrent d'un air égaré, sans deviner ce qui l'amusait à ce point ; leur chef riait, c'était donc un ordre. La compagnie entière des S. S. éclata alors d'un fou rire énorme et qui n'en finissait pas.

Moese ne riait pas, mais restait grave et silencieux. Seul il avait compris et savait ce que Eichmann avait trouvé si drôle, ce à quoi il faisait allusion. Ces Juifs allaient bientôt devoir chanter le *Requiem* pour eux-mêmes, comme un glas de leur propre mort. C'était sans doute ce que Eichmann trouvait si divertissant. Il ne pouvait que se désolidariser de cette folle gaieté. « Les Juifs savent déjà certainement, se dit-il, pourquoi les cloches sonnent si fort à travers toute l'Europe, ils doivent sans aucun doute être parfaitement informés de ce qui se passe à l'extérieur, car ils ne sont pas fous. » Il se résolut à attendre jusqu'au soir pour se rendre compte s'il y avait là de quoi rire.

Le commandant du camp n'était pas amusé non plus. Jamais il n'avait vu Eichmann se laisser emporter de cette façon. « Pourquoi diable, se demanda-t-il, trouve-t-il tant à rire ? Et de qui ? Serait-ce des Juifs ou de moi ? Qu'y a-t-il de si ridicule dans ce programme ? » Le doyen des Juifs ne l'avait-il pas assuré qu'il ne s'agissait que d'art pur et d'une audition unique, telle qu'on n'en avait jamais encore entendu ? Les Juifs ne devaient-ils pas chanter d'anciennes prières catholiques du XIIe siècle ? Qu'y avait-il de choquant à cela ? Le doyen des Juifs n'aurait jamais osé le ridiculiser, il ne savait même pas pourquoi on lui avait demandé de préparer un concert et il n'avait pu à aucun moment soupçonner qu'il s'agissait d'un programme destiné à Eichmann. « Comment pourtant avoir confiance en un Juif, se lamentait-il, il sera toujours assez habile pour vous faire un croc-en-jambe au moment où vous vous y attendez le moins. » Eichmann s'était calmé, il donna une tape amicale sur l'épaule du commandant : « Mais c'est une excellente idée, mon cher ami, remarquable en tout point, je vous assure que nous serons tous très heureux d'entendre ces Juifs chanter ce *Requiem.* Messieurs, continua-t-il en haussant la voix, et chacun se leva, je vous invite à boire à la santé de notre hôte ! À la santé du commandant du camp de Terezin. »

*

Un rideau cachait la scène. Le commandant le regardait en se félicitant d'y avoir pensé. Tout ici devait être disposé comme dans un vrai théâtre. La rampe de salle n'avait pas été allumée. Cela satisferait tout le monde, il n'en doutait pas. Les S. S. avaient toujours préféré pour leur part observer sans être vus ; ces dispositions permettraient aussi aux chanteurs de ne pas les voir, de ne pas être incommodés par leur auditoire.

La scène s'emplissait maintenant de bruit et d'agitation, les chanteurs, les musiciens avaient pris place, certains accordaient leurs instruments. Schächter essuya avec un mouchoir la sueur qui mouillait son front, lui brouillait les yeux. Il ne se sentait pas bien et respirait avec difficulté. Un pressentiment l'inquiétait, cette représentation risquait d'être bien étrange : il n'avait pas pu répéter une dernière fois, ni veiller aux ultimes préparatifs selon l'usage. « Est-ce mieux ainsi ? » se demanda-t-il. Il ne savait que dire à ses chanteurs, puisque de toute manière tous avaient compris qu'ils devraient se surpasser, se tenir les uns les autres.

Il se tourna vers Jirka le cymbalier, qui devait l'aider et aurait peut-être à supporter le poids et la responsabilité de l'orchestre dans le cas extrême où il ne pourrait plus se concentrer, ni diriger. Car son inquiétude ne s'apaisait pas ; quelle surprise les attendait ce soir et comment conjurer tous les sortilèges de cette musique ? Le mieux ne serait-il pas de jouer tout simplement en mesure et sans chercher d'effets ? Il se rassura en songeant que c'était ce genre d'interprétation que son auditoire comprendrait le mieux. Peut-être au contraire ne se passerait-il rien, absolument rien ?

« Je vous demande de bien vouloir m'aider aujourd'hui, dit-il à Jirka en lui faisant signe de la main, je ne me sens pas capable de diriger seul l'exécution de cette œuvre. N'oubliez surtout pas le changement qui intervient dans les dernières mesures. Veillez aussi au fortissimo que doivent observer le chœur et l'orchestre à ce moment, aux trois coups brefs suivis d'un coup plus long qui l'annoncent. »

Puis il se retourna vers l'ensemble du chœur et des solistes. Il pouvait compter sur eux, il connaissait chacun d'entre eux et savait exactement la mesure de leurs possibilités, seule Marouchka le tourmentait. Elle avait une tâche plus lourde que les autres, aussi avait-il préféré aller lui parler, lui dire quelques mots, pour l'aider : « Ne pense plus à tes parents, à ton frère, à ton amoureux maintenant, lui avait-il dit, mais à tous les autres, à tous ceux qui comme eux ont été torturés, battus, massacrés et qui forment aujourd'hui cette grande foule anonyme à laquelle je songe aussi. Personne ne peut plus les connaître ni les reconnaître individuellement, ils sont si nombreux que nous ne devons plus penser qu'au véritable visage de leurs assassins. Ce sont ces assassins que tu auras devant toi ce soir, c'est devant eux que nous devons tous chanter avec toi, surtout ne montre aucune faiblesse, aucune frayeur, nous t'aiderons. »

Le doyen des Juifs entra dans la salle et se dirigea vers le chef d'orchestre. Ils se mirent à parler avec agitation. Le commandant du camp venait de lui demander expressément que le spectacle n'excède pas une heure. C'était un ordre. On devait donc raccourcir la partition, abréger une partie du chant ou l'interrompre. Schächter protesta énergiquement et gesticula avec colère. « Misérables scélérats », s'écria-t-il, et sa voix interrompit le bruit confus et sourd des instruments que l'on accordait. « Ils mutilent et détruisent tout ce qu'ils touchent, même l'art ne les arrête pas. » Cet ordre était une provocation. Ses musiciens se rendraient ainsi parfaitement compte du genre de public auquel ils avaient affaire.

Le visage empourpré, il monta sur son gradin. « Nous devons raccourcir le *Requiem*, le commandant du camp l'exige », leur dit-il. L'orchestre s'était tu et tous le regardaient. « Nous pourrions couper le début, commencer quelque part dans le milieu de l'œuvre, pensa Schächter. Le vers *Confutatis maledictis* convient parfaitement, c'est là qu'il faut débuter, nous le leur lancerons au visage. Qu'ils soient maudits. »

Une hésitation le retint. Non, on ne pouvait pas, on ne devait pas commencer aussi brutalement. Il fallait laisser aux chanteurs le temps de s'échauffer un peu et de sortir de leur torpeur. Cet endroit était dangereux. Il se sentit responsable de tous ces artistes et de leurs familles. Moese serait là ce soir, il comprenait parfaitement la musique et ne manquerait pas d'interpréter ce premier vers comme une injure, qui attirerait sur eux une terrible vengeance. Il se promit pourtant de ne pas leur épargner au moment voulu la brutalité de ces mots.

Les bruits, les mouvements et les murmures de la salle s'interrompirent au moment où le commandant annonça le programme et la distribution du spectacle d'une voix perçante. C'était le signe que Schächter attendait. Dans un moment, la salle entière serait plongée dans l'ombre et les rideaux s'écarteraient. Comment devait-il commencer ? À qui devait-il indiquer de se lever pour être le premier à affronter la froideur et l'indifférence paralysantes de cette salle obscure et lointaine ?

Il se concentra un instant, puis dit soudain : « Le *Recordare.* »

« Il est devenu complètement fou, murmura-t-on dans le chœur. Pourquoi demande-t-il aux femmes de commencer ? »

Le rideau alors se partagea, s'écarta et découvrit l'obscurité menaçante. Les lumières de la rampe de scène brillaient avec éclat, éclairant le chef d'orchestre qui se tenait debout, très droit, face à ses musiciens. Personne ne bougeait plus. Le doyen des Juifs pénétra dans le faisceau de lumière. Très maigre et pâle, il se dirigea lentement jusqu'au bord extrême de la scène, puis s'inclina profondément.

*

« En me cherchant vous vous êtes assis de fatigue, vous m'avez racheté en souffrant sur la croix. » Doucement d'abord, de façon presque imperceptible, la voix de Marouchka détacha chaque mot, puis s'amplifia; Bietka se joignit à elle. Toutes deux suivaient des yeux avec application le moindre des mouvements de leur chef d'orchestre, y recherchant l'aide et la force dont elles avaient tant besoin. Le visage blême de Schächter restait pourtant immobile, sans expression, comme figé dans l'instant de la mort. « Oui, continuez, continuez même machinalement, leur disait-il en lui-même, restez en mesure, respectez le tempo, c'est tout ce que peuvent comprendre là-bas ces ombres dans l'obscurité, continuez toujours, regardez-moi et ne perdez pas la cadence. » Leur duo prit fin, l'orchestre s'était tu; c'était maintenant au tour du ténor qui s'avança seul et commença à chanter à capella. Rosenfeld était un chanteur d'opéra expérimenté, bien des fois dans sa carrière il avait sauvé par son talent un spectacle tombé à plat jusqu'à son apparition. Détaché du rang des solistes, il aborda l'air célèbre : « Je gémis comme un coupable, mon Dieu, la faute fait rougir mon visage, pardonnez à celui qui vous implore. »

Sa voix s'élevait avec ampleur et Schächter l'écoutait attentivement. « Il n'y a là aucun gémissement, songeait-il, au moins saura-t-il leur montrer avec brio comment on doit chanter un grand aria d'opéra. » Ce n'était pourtant pas de cette façon qu'il l'avait fait répéter, l'orchestre semblait s'en être aperçu, les musiciens suivirent les nuances que le chanteur ne respectait plus. Il s'en rendit compte, sa voix s'adoucit insensiblement, se fit prière suppliante : « Faites par votre miséricorde que je ne brûle pas dans le feu éternel. »

Cela les émerveilla. Ce n'était plus Rosenfeld qu'ils écoutaient mais un homme qui suppliait, qui se repentait par son chant. Ces plaintes désespérées leur semblaient provenir de quelque obscure chambre de torture sous la terre.

L'humble prière du prisonnier ne parviendrait pas à le sauver cependant, songeaient-ils, car celui qui s'apprêtait à le mettre à mort s'appelait Haindl, ce Haindl qui se vautrait là tout près dans son fauteuil et l'écoutait stupidement.

Tout en dirigeant le chœur avec fermeté, Schächter fit signe à la basse d'intervenir.

Le *Confutatis maledictis* emplit alors la salle comme un orage. « Écoutez, vous tous qui tuez, qui assassinez dans l'ombre, vous tous qui êtes damnés, mille fois maudits, comment cette plainte ne pourrait-elle vous émouvoir ? Ce chant vous inquiéter ? » Les chanteurs devinaient les pensées de leur chef d'orchestre. La musique les exaltait peu à peu. Ils respiraient profondément, luttant en eux-mêmes pour éloigner la passion sauvage qui les oppressait, taire dans leur voix la haine qui les tourmentait. Le tempo se ralentit, chacun attendait comme un soulagement l'entrée proche de l'orchestre, souhaitant qu'un éclair vif de la baguette déclenche enfin le son éclatant des cymbales.

Schächter ne pouvait laisser se déchaîner ces forces élémentaires qu'il devinait, aussi étouffa-t-il leur violence. Son cœur se serrait. Il se souvenait d'un vers, tout à l'heure oublié, mais qui maintenant revenait avec insistance à son esprit. Pourquoi ne l'avait-il pas rappelé à Bietka, elle aussi l'avait-elle oublié ? *Lacrymosa !*

La tempête était passée, son écho s'effaçait peu à peu comme au lointain, comme un murmure, une dernière plainte reprise par les violons avant de mourir. Le silence se fit, résonnant encore de musique, éveillant l'attention au lieu de la distraire. Schächter regardait attentivement Bietka, se sentait attiré vers elle. « Sens combien j'ai besoin de ton aide », semblait-il la supplier. Peut-être espérait-il lui faire comprendre par le regard combien il souhaitait qu'elle retienne ses pleurs, qu'elle ne s'abandonne surtout pas maintenant devant eux.

Mais Bietka ne le regardait pas. Les yeux fixés devant elle dans l'obscurité où le danger semblait l'attendre, elle commença seule le quatuor des solistes. N'était-elle pas habituée chaque jour à affronter la folie, la puanteur des hommes enfermés dans leurs sombres cellules ? Quelque chose brilla un instant et elle devina dans l'obscurité la menace proche. Des fous. C'étaient des fous qu'elle avait devant elle, pauvres hallucinés parés d'ornements voyants, la poitrine couverte de pendeloques clinquantes et qui se pavanaient en se prenant pour des héros.

Sa voix chantait durement, avec une sorte d'âpreté. Schächter la suivait des yeux, exultait. Oui, c'était comme cela qu'il fallait prononcer ce texte, ce *cry* dur, le O ouvert craché comme une insulte. « Laisse-toi emporter par la colère maintenant, songeait-il, je n'aurais jamais dû t'apprendre à articuler ces mots, c'est toi qui savais le mieux les chanter. »

La première partie du *Requiem* prenait fin. Le chef d'orchestre leva la main pour entraîner encore ses artistes, les porter encore en avant.

« Écoutez, vous tous qui êtes dans l'ombre, disait la voix, écoutez le cri de ce chant solennel, écoutez ce qui a été annoncé depuis des millénaires dans le très vieux livre de l'humanité : "Je multiplierai ta semence comme la poussière de la terre, je bénirai celui qui te bénira, ma malédiction retombera sur celui qui te maudira."

« Entendez-vous, vous qui restez dans l'ombre, qui nous avez marqués du signe de la race d'Abraham, combien nous exultons, nous sommes transportés de joie, nous qui sommes vos prisonniers dans ce camp juif ? Vous n'avez pas réussi à nous briser et vous ne le pourrez pas. »

Le chœur reprit une dernière fois avec allégresse l'ode de gloire. D'un geste le chef les calma et ils se turent. L'orchestre finit à son tour de jouer. Ils reprirent lentement leur souffle, épiant avec une attention passionnée le moindre mouvement, le moindre signe de la main qu'il allait leur faire. Et le final commença.

*

Libera me, Domine, de morte aeterna. Schächter eut l'impression de leur faire chanter une prière pour les morts, sans se rendre compte que sa façon de les diriger en était seule cause. Marouchka se trouvait là quelque part devant lui. Une crainte le saisit. C'est à elle qu'il devait bientôt faire signe pour lui indiquer le moment inéluctable où elle devrait affronter aussi, toute seule, si faible, si fragile, ces assassins monstrueux, comme ailleurs, comme hier à Munich, Vienne et Prague.

Le chant du chœur s'atténua jusqu'à n'être plus qu'un murmure d'angoisse, qu'une voix recouvrit soudain, emporta. Schächter retint son souffle.

Tremens factus sum. Marouchka scandait déjà chaque mot de ce verset avec une sorte de détachement et de froideur. Chacune des images, chacun des souvenirs du chemin de croix qu'elle avait tant de fois parcouru lui revenaient à l'esprit. Mais personne n'avait plus à l'aider, elle ne tremblait plus. Frêle, toute blanche, elle se tenait comme une statue de marbre, bien droite, les yeux grand ouverts semblant irradier étrangement. Elle reprit le thème, répéta d'une voix profonde le récitatif aux accents glacés. Ce n'était plus un chant, mais une sentence, prononcée par quelque juge hautain, sévère et impartial. Doucement le violoncelle vint se joindre à elle, soutenant la mélodie d'accords graves en vibrato. Penché sur l'instrument de Meisl, le musicien ne pouvait empêcher son archet d'exprimer toute sa tristesse, toute sa désolation. Un geste du chef d'orchestre interrompit les accents trop prononcés de cette plainte et, sans baguette, en serrant le poing, il fit signe à la grosse caisse de s'apprêter. Un roulement, l'éclat des cymbales, le son, la résonance des cuivres annoncèrent une reprise de tout le chœur.

Ce ne fut bientôt plus qu'un cri. Le jour de la colère tant attendu était enfin venu, c'était le *Dies irae.* Les chanteurs, soutenus par les solistes, se laissaient emporter. Gagné par l'émotion collective, Schächter ne put s'empêcher de chanter avec les autres.

« Vous nous avez déchirés, piétinés sans pitié, vos armées, vos soldats seront partout décimés, le sang coulera des profondes blessures qui frapperont votre pays, votre terre sera éventrée, mise en lambeaux par des milliers de bombes. Car il faut qu'il en soit ainsi, pensait-il, non par vengeance, non par haine, mais seulement pour que s'accomplisse la justice des hommes. »

L'orage peu à peu se dissipa, la passion et la haine se calmèrent. Le chef d'orchestre se prit à songer à tous ceux de ses amis, si nombreux, qui étaient morts, à tous ceux qui restaient emprisonnés dans quelque camp de concentration. Leurs morts, leurs souffrances ne seraient pas inutiles et serviraient d'exemple. On leur devait une éternelle reconnaissance. En dépit de tout, il fallait souhaiter que ceux qui résistaient encore gardent assez de force et de courage pour préserver une foi, une espérance invincibles en l'avenir.

Les voix se séparaient et se rejoignaient avec ferveur, selon les accords d'une mélodie émouvante et sublime. Tout cessa pourtant, le chant s'éteignit peu à peu, un profond silence s'ensuivit pendant lequel chacun attendit avec une sorte de nervosité fébrile et de crainte les premières notes du dernier morceau.

La voix cristalline de Marouchka entonna alors le *Libera me* avec une grande pureté. *Libera me,* délivrez-moi, délivrez-moi. Les altos, les ténors, les sopranos puis les basses lui répondirent de toutes parts : *Libera nos, Libera nos.* Nous voulons être libres. L'orchestre, le chœur tout entier reprirent encore ce thème qu'un roulement, un déchirement de cymbales interrompirent.

Surpris par cette intervention subite et sauvage, Schächter se redressa vivement.

Il était saisi d'effroi. « Non, non, Jirka, je t'en prie, ce n'est pas ton tour. Que fais-tu ? Tu changes le rythme; rien de tout cela n'est prévu. » Jirka ne lui prêta aucune attention. Il se mit à diriger lui-même l'orchestre de sa batterie, scandant les syllabes du *Libera nos.* « Trois coups brefs, un coup long, *Libera nos, Li-bera-nos.* Comprends-tu, Raphaël, aucun de nous qui avons entendu cela aujourd'hui ne l'oubliera jamais. »

Libera me, Libera nos. La voix passionnée de Marouchka reprit une dernière fois ces paroles, que répéta le chœur en un écho saisissant.

*

Un roulement de cymbales termina le *Requiem*. Les lumières de la rampe éclairaient violemment par-dessous le visage du chef d'orchestre. Il se tenait droit, un peu rigide, tournant le dos à son auditoire. Rien ne bougeait plus et les rideaux se refermèrent lentement.

*

Eichmann restait assis, profondément engoncé dans son fauteuil. D'étranges pensées l'assaillaient, tourbillonnant en tous sens, aussi étranges que la musique qu'il venait d'entendre. « Intéressant, vraiment très intéressant, ne trouvez-vous pas, mon cher », dit-il subitement en se tournant vers Moese, son voisin. « Unique, certainement, répondit celui-ci, je n'ai sans doute jamais encore entendu le *Requiem* chanté de cette façon. »

Eichmann applaudit alors, sans trop d'empressement parce que les artistes étaient des Juifs, avec une certaine insistance cependant parce que cette audition avait été remarquable. De toute manière, le commandant du camp méritait bien qu'on le félicite de l'organisation exemplaire de ce concert.

Leur chef applaudissait, c'était un ordre. De tous côtés les S. S. s'empressèrent de l'imiter. Debout devant le rideau fermé, le doyen des Juifs s'avança, resta immobile un moment, petite silhouette maigre et pâle, puis s'inclina profondément.

*

Peu de temps avant la fin de l'été, les convois reprirent. Le commandant du camp avait promis à Schächter que le groupe de ses artistes ne serait pas séparé. Il tint parole. Ensemble, ils montèrent donc dans les premiers wagons du premier de ces convois.

Shoah et déportation dans Le Livre de Poche

ÉRIC CONAN

Sans oublier les enfants n° 30570

Juillet 1942. Plus de 3 500 enfants âgés de deux à seize ans sont arrêtés pendant la « grande rafle ». Leur calvaire se poursuivra dans les camps de Pithiviers et de Beaune-la-Rolande, dans le Loiret. Ils seront déportés et assassinés à Auschwitz-Birkenau.

MARTIN DOERRY

« A tout de suite, les enfants » n° 30598

Un jour d'août 1933, Lilli Jahn, convoquée par la Gestapo, quitte son domicile. D'internée au camp de Breitenau, elle est déportée à Auschwitz en mars 1944. Elle y mourra trois mois plus tard.

ANNE FRANK

Journal n° 287

Anne Frank est née le 12 juin 1929 à Francfort. Sa famille a émigré à Amsterdam en 1933. Le 6 juillet 1942, les Frank s'installent clandestinement dans « l'Annexe » de l'immeuble du 263, Prinsengracht. Le 4 août 1944, ils sont arrêtés sur dénonciation. A Bergen-Belsen, Anne meurt du typhus en février ou mars 1945.

Roma Ligocka et Iris Von Finckenstein

La Petite Fille au manteau rouge n° 30719

Lorsqu'en 1993, Roma Ligocka assiste à la projection de *La Liste de Schindler* de Spielberg, elle se reconnaît dans la petite fille en manteau rouge qui traverse le paysage dévasté du ghetto. Un témoignage déchirant sur une enfance ravagée, véritable cri de douleur, mais aussi d'espoir.

Mémorial de la Shoah

Des voix sous la cendre n° 30657

Entre 1942 et novembre 1944, dans les chambres à gaz d'Auschwitz-Birkenau, plus d'un million de juifs européens sont assassinés. Un Sonderkommando (unité spéciale), constitué de détenus juifs, est contraint d'extraire les cadavres des chambres à gaz, de les brûler dans les crématoires et de disperser les cendres.

Primo Levi

La Trêve n° 15438

A la fin de la Seconde Guerre mondiale, des Italiens, rescapés des camps nazis, entament une marche de plusieurs mois, « accompagnés » par l'armée Rouge, pour rejoindre leur terre natale.

LAURENCE REES

Auschwitz. Les nazis et
la « solution finale » n° 31018

Le 27 janvier 1945, l'armée Rouge pénètre dans le camp de concentration d'Auschwitz et libère les survivants. Le monde découvre un système d'une barbarie inouïe, jamais vue dans l'histoire de l'humanité : la « solution finale », les chambres à gaz et les fours crématoires.

FRANÇOISE VERNY

Serons-nous vivantes
le 2 janvier 1950 ? n° 30889

Nicole et Françoise ont quinze ans. Au cours de l'hiver 1943, Nicole est internée à Drancy d'où elle écrit à son amie de collège des lettres magnifiques. Puis elle disparaît, déportée à Auschwitz par le convoi du 20 novembre 1943.

Composition réalisée par ASIATYPE

Achevé d'imprimer en mai 2008 en Espagne par
LITOGRAFIA ROSÉS
08850 Gava
Dépôt légal 1re publication : juin 2008
Librairie Générale Française – 31, rue de Fleurus – 75278 Paris Cedex 06

30/8395/3